내 임무는 수능 만점

내 임무는 수능 만점

간첩 소년의 고3 일기

초판 1쇄 발행 | 2024년 2월 29일
초판 2쇄 발행 | 2024년 10월 15일

지은이 | 성실
펴낸곳 | 메이드인
등   록 | 2018년 3월 5일 제25100-2018-000014호
주   소 | 서울특별시 은평구 연서로10길 15-6
전   화 | 070-7633-3727
팩   스 | 050-4242-3727
이메일 | madein97911@naver.com
ISBN | 979-11-90545-43-3 03810

내 임무는 수능 만점

간첩 소년의 고3 일기

성실 장편소설

메이드인

필수 물품

- 시험당일 수험표와 주민등록증 또는 본인임을 입증할 수 있는 신분증을 반드시 지참
- 수험표 분실시에는 입실시간 전까지 수험표를 재교부 받아 시험에 지장을 초래하지 않도록 유의
- 중식 및 음용수는 제공되지 않으며 시험실에는 시계가 없으므로 휴대가능한 시계를 사전 준비
- 시험실에서 검은색 컴퓨터용 사인펜과 샤프(흑색, 0.5mm)를 일괄 지급하고, 답안 수정용 흰색 수정테이프는 시험 감독관이 시험실별로 5개를 소지하고 있어 요청하면 사용 가능

시험장 반입 금지 물품

- 휴대전화, 스마트기기(스마트워치 등), 디지털 카메라, 전자사전, MP3 플레이어, 태블릿 PC, 카메라 펜, 전자계산기, 라디오, 휴대용 미디어 플레이어, 통신·결제 기능(블루투스 등) 또는 전자식 화면표시기(LCD, LED 등)가 있는 시계, 전자담배, 통신(블루투스) 기능이 있는 이어폰 등 모든 전자기기

교시	시험영역	출제내용	출제범위
	프롤로그		7
1	간첩 소년의 버킷리스트	버킷리스트 첫 번째 버킷리스트 두 번째	13 41
2	내 임무는 수능 만점	스터디 그룹 중간 동지 A대학	55 68 91
3	D-데이	강철 D-데이 친구	125 141 152
4	모두가 학생이었다	두 번째 임무 마지막 버킷리스트	179 202
	에필로그		225

프롤로그

물은 싫었다.

특히나 그 속을 보여주지 않는 바다는 더 싫었다.

어렸을 적 살던 마을에는 입구가 좁고 안이 들여다보이지 않아 그 깊이를 알 수 없는 우물이 있었다. 우물은 바짝 말라 아무도 쓰지 않았기에 위를 두꺼운 나무판을 덮어두었지만, 거기엔 아주 작은 틈이 있었다. 아무리 들여다봐도 그 안에 뭐가 있는지 보이지 않았다. 어린 시절 꿈에는 그 우물에서 온갖 무서운 것들이 튀어나오곤 했다.

그래서 물이 싫었다.

그중에서도 밤바다는 가장 끔찍했다. 끝을 알 수 없는 물이 싫은데, 밤바다는 그 끝을 더욱 알 수 없기 때문이다.

검은 물이 배 주위로 넘실넘실했다. 분명 투명한 물일 텐데, 밤의 바다는 손으로 한 줌 떠내면 석유처럼 까만색일 것 같다. 설상가상 비까지 내린다. 비가 오는 밤바다는 더욱 끔찍하다. 검은 물속으로 떨어지는 비가 송송 구멍을 뚫을 때는 겁 없는 그조차 진저리치게 했다.

그때 탕, 어디선가 총소리가 들려왔다. 바다 한복판에서 조명도 켜지 않은 배가 발각될 일은 없을 터였다. 그러나 평온한 어둠 속에 불청객처럼 끼어든 총소리는 정확히 배를 노린 것이 분명했다.

왜냐하면 탕, 하는 총소리와 함께 금방 허리가 휘청했기 때문이었다. 정말이지 재수 없게도 총탄이 오른쪽 허리를 스치고 지나갔다. 화끈한 감각이 퍼져오는 곳에 손을 가져다 대자 젠장할! 욕이 튀어나올 정도로 끔찍한 고통이 퍼졌다. 그나마 불행 중 다행인 건 혼란스런 정신이 고통을 조금 덜 느끼게 주었다는 점이었다.

앞에서 서두르라는 수신호가 들어왔다. 이제는 정말 가야 할 때다. 망설일 시간은 주어지지 않았다.

'안녕, 고향아. 나 꼭 재미있는 인생을 살게.'

다짐과 함께 풍덩, 잔잔한 바닷물이 출렁였다.

"으아아!"

간첩 소년의 버킷리스트

버킷리스트 첫 번째

"으아아!"

크게 기지개 켜는 소리에 창틀에 붙어 있던 고양이가 놀라 도 망갔다.

보송한 옷과 보송한 이불. 더할 나위 없는 행복이라는 게 바로 이런 걸까? 이곳에 도착해 가장 먼저 한 일은 바로 이부자리를 펴고 뒹군 것이었다. 그 고생을 하고 무사히 남쪽에 도착한 것 치곤 꽤 게으른 아침을 맞이한 셈이다. 하지만 이 또한 모두 계 획에 있었다.

내려오기 전 고심하며 작성했던 버킷리스트의 첫 번째 항목 은 바로 푹신하고 따스한 이불에 누워 하릴없이 뒹굴기였다. 따 스하게 감겨오는 이불은 밖의 추위 따위는 잊게 만들어 주었다.

'바로 이 맛이지.'

콩벌레처럼 이불을 말고 누워 빼꼼, 두 팔을 내밀었다. 그러자 눈앞에 아무렇게나 내팽개쳤던 USB 메모리가 들어왔다. 전날 바닷가에 마중 나온 동지에게 받은 물건이다. 이 안에는 앞으로 어떤 이름으로 살아가게 될지, 어떻게 살아갈 것인지에 대한 정보가 가득 들어있다. 아무 장식도 달리지 않고 조그마해 자칫했다간 잃어버리기 쉬울 물건을 이리 내팽개쳐 두다니. 너무 들떴나 보다. 민망함에 입맛이 다셔졌다.

'그래도 뭐, 아무렴 어때.'

휴대폰 단자에 연결하니 띵, 하는 작은 소리와 함께 복잡한 암호가 화면에 나타났다. 능숙하게 휴대폰을 조작해 암호를 풀고 나니 또다시 암호의 연속이다. 이번에는 전보다 더 긴 암호문이지만, 눈에 익숙한 패턴이다. 화면을 채운 암호를 해독할 필요도 없이 제2 외국어처럼 자연스럽게 훑어 내려갔다.

'김민준, 18세.'

남쪽에서 가장 흔한 남자 이름이다.

"김. 민. 준."

차분히 이름을 되뇌어 보았다. 예전에 사용했던 이름은 딱딱한 느낌이었다. 그러나 이번 이름은 마음에 쏙 들었다. 흔하다는 점도 높은 점수를 줄 만했다.

"좋았어. 이제 김민준. 새 삶의 시작이구나."

이불 속에서 빈둥대지만 다짐만은 강인하게 외쳤다.

그간 얼마나 고된 삶의 연속이었던가. 원하는 시간에 원하는 만큼 잠잘 수도 없었고 마음껏 놀지도 못했다. 이제 그 모든 것을 보상받을…… 아니, 아니. 그간의 노력이 빛을 볼 시간이다.

그렇게 홀로 다짐을 하고 있을 때 문 뒤에서 똑똑 소리가 울려 퍼졌다. 민준은 긴장으로 몸이 움츠러들었다. 반사적으로 USB 메모리의 날카로운 부분을 바깥쪽으로 잡아 들었다.

그러나 긴장한 것이 무색하게도 밖에서는 다정하고 나직한 목소리가 들려왔다.

"민준아, 나와서 밥 먹으렴."

"아, 예."

자기조차도 방금 알게 된 이름이 밖에서 들려왔지만, 민준은 아무렇지 않게 답했다.

밖에 있을 이가 누구일지 대강 짐작되었다. 바로 민준의 어머니와 아버지.

여자는 다정하고 청초하게 생겼으며, 남자는 무뚝뚝하지만 자상하게 생겼다. 생전 처음 보는 아들이 방문을 열고 나타났는데도 둘은 아주 태연하게 할 일을 했다. 여자는 찌개를 식탁 위로 옮기고, 남자는 이제 막 소파에서 일어나 보던 신문을 정리했다. 그들의 익숙한 연기에 맞춰 민준도 평범한 고등학생 아들처럼 뒷머리를 긁적이며 식탁으로 향했다.

식탁 위에는 진수성찬이 기다리고 있었다. 생선구이와 고깃국, 김, 김치……. 절로 입안에 침이 고여 꿀꺽 삼켜냈다. 이곳에서의 첫 식사는 꽤 정성이 담긴 듯 보였다. 자극적인 냄새에 강아지처럼 코를 벌렁댔다. 그러고 보니 도착하고 난 뒤 아무것도 먹지 못했다. 여자와 남자를 빠르게 한 번씩 훑고 시선을 음식으로 돌렸다.

"잘 먹겠습니다."

일단은 주린 배부터 채우고 보자고 생각했다. 그런 말도 있지 않은가. 금강산도 식후경.

'그래, 임무를 마치고 돌아가면 금강산에 가자. 돌아갈 수 있다면.'

"맛있게 먹으렴."

평범한 가정집의 아이 같은 말에 평범한 부모님의 대사가 돌아왔다. 다정한 말을 듣고 나니 잠시 고향에 계신 어머니 생각이 들었다. 매번 식사 때마다 자상하게 웃어주신 어머니, 밥을 먹는 모습을 몇 번이나 지켜보며 뿌듯한 미소를 짓던 어머니가 그리웠다. 그러나 그것도 잠시 세차게 고개를 흔들었다. 얼굴을 붕붕 좌우로 돌리며 쓸데없는 생각을 떨쳐내자 약한 마음이 물방울 튕겨 나가듯 하나둘 떨어나갔다.

'그래, 사나이 리…… 아니, 김민준. 너는 멋지게 임무를 수행하고 금의환향할 생각만 하면 되는 거야.'

마음을 다잡고 밥공기에 숟가락을 찔러 넣어 큼지막하게 한 숟가락 떠내서 입에 넣었다. 달았다. 그러고는 이것저것 닥치는 대로 반찬을 집어넣기 시작했다.

"오늘 처음 등교하는 날이구나. 늦장 부리다 늦을 수도 있을 것 같은데 빨리 준비해야겠다. 아참, 학교는 혼자 갈 수 있겠니?"

"예?"

"전학 수속은 마쳤는데 아무래도 첫날이니까 말이야. 엄마가 같이 가서 선생님께 인사라도 드려야 하는 건 아닌지……."

"아……."

빤히 보자 민망한 듯 여자의 입꼬리에 힘이 들어갔다. 입가가 올라갔지만 억지로 만들어낸 미소도 자상해 보이는 그런 사람이었다. 민준은 고개를 저었다.

"아니에요. 혼자 갈 수 있어요."

"그래? 교복은 준비해 놨단다. 옷장 안에 보면 교복이랑 가방 있을 거야."

그녀가 살포시 웃으며 반찬 하나를 집어 고봉밥 위에 올려놓았다. 무뚝뚝한 말에도 오래된 가족에게 하듯 전혀 흐트러짐 없는 자연스러운 말투였다. 순간 정말 어머니가 아닌가 착각할 정도로.

"감사합니다."

그러나 그녀가 진짜 어머니가 아니라는 걸 떠올렸다. 여자가 올려준 반찬을 크게 뜬 밥과 함께 입으로 밀어 넣고 민준은 급하게 자리에서 일어났다. 그녀의 살짝 동그래진 눈이 민준을 따라붙었다.

"다 먹었니?"

"예, 이제 출발해야 할 것 같아서요."

오전 8시. 거실 벽에 걸린 시계를 확인하지 않아도 알 수 있다. 시간 감각은 정확하다. 훈련은 배신하지 않는다.

힐끔, 새하얀 교복 허리춤을 다시 한번 확인했다. 셔츠 끝자락이 아직 새하얀 것을 보고 그제야 불끈 쥐고 있던 주먹에 힘을 풀었다. 아까 전 옷장을 열고 실망한 마음이 아직 가시지 않았다. 남쪽은 잘산다던데, 옷장 안에 담긴 옷들은 실망스럽기 그지없었다. 교복 두 벌과 사복 두 벌이 전부였고, 그나마 있는 사복마저 검은 티에 바지였다. 그거라도 입고 뽐내 보겠다고 설치다가 그만 어젯밤 부상을 입은 곳이 살짝 찢어져 피가 비쳤다.

결국 하얀 교복 셔츠 한 장을 버리고 말았다.

칫, 혀를 차며 뻐근해진 몸을 풀고 현관문에 기댔다. 그러자 얼굴 위로 드넓은 가을하늘이 펼쳐졌다. 임무의 첫 시작치고는 나쁘지 않은 날씨다. 원래 처음에는 기합을 빡 넣고 시작해야 한다.

'그래, 김민준. 새 삶의 시작이라니까. 더 기뻐하자고! 아자, 아자. 파이팅! 이렇게 하는 거던가?'

주먹을 불끈 쥐는데 옆에서 순간 낯선 목소리가 들려왔다.

"뭐 하는 거냐?"

"뭐?"

갑작스럽게 날아온 목소리에 문에 기대있던 몸을 벌떡 일으켰다. 너무 긴장했던 탓인지 아니면 너무 풀어진 탓인지, 멍청하게 누가 다가오는 것조차 몰랐다.

뒤에는 오토바이와 세 대의 차량만 있을 뿐이었다. 사람은 없는데? 좌우를 두리번거리는데 다시 목소리가 들렸다. 이번에는 그 목소리에 비웃음이 묻어 있었다.

"야, 너 뭐 하는데?"

비웃는 듯한 목소리를 좇아 도끼눈이 도로 쪽을 휙 넘어갔다. 그러자 오토바이 위에 삐딱하게 앉은 아이 한 명이 눈에 들어왔다.

목소리는 오토바이를 탄 사람에게서 들려온 거였다. 그럼 그렇지. 다가오는 것을 눈치채지 못한 게 아니라, 누군가 도로 위 오토바이에서 길 위에 있는 자신에게 말을 걸 것이라고는 생각지 못했기 때문에 놀란 것일 뿐이었다.

까만 헬멧 안의 표정은 알 수 없지만, 묘한 비웃음이 느껴졌다.

"이거 진짜 이상한 새끼네. 야, 너 몇 반이야?"

"몇 반이냐고?"

"그래. 너 처음 보는 것 같은데…… 3학년 맞아?"

까만 헬멧이 부담스럽게 다가왔다. 바람막이 창에 비친 제 얼굴을 보며 순간 실전에 뛰어든 기분이 되었다. 아임 파인 땡큐 앤 유? 아무리 많은 훈련과 교육을 받았더라도 현지인과 대화를 하게 되면 달달 외운 짤막한 말만 반복해서 뱉는 게 사람의 습성이다. 심지어는 대화를 시작하기도 전에 까만 헬멧에게서 '이상한 새끼'라는 말을 듣지 않았던가. 긴장으로 침을 삼키는 사이 도로의 신호가 녹색으로 바뀌었다.

그러자 까만 헬멧의 움직임이 부산스러워졌다.

"야, 너 빨리 타!"

"뭐, 뭐?"

뒤에서 빵빵, 하는 큰 소리가 울렸다.

"아, 진짜 뭐가 이렇게 굼떠? 됐고 빨리 타라고! 너 지금 달려가도 지각이야. 내가 특별히 학교까지 태워준다."

"아니…… 야!"

굼뜨다는 말에 울컥하는 것도 잠시였다. 순식간에 오토바이가 기울더니 민준을 붙잡아 오토바이 위에 앉혔다.

"꽉 잡아."

동시에 까만 헬멧이 손잡이를 돌리자 거센 바람이 헬멧도 쓰지 않은 맨 얼굴을 세차게 때렸다. 어렵사리 눈을 떴다. 가을빛으로 뭉개진 나무와 건물들이 쏜살같이 지나갔다. 이게 바로 훈련과 실전의 차이인가? 시작부터 어쩐지 고난이 기다리는 기분이었다.

매서운 바람이 불어오고 얼굴의 모든 구멍에서 줄줄 물이 흘렀다. 눈구멍, 콧구멍에서 어젯밤 밤새 절여졌던 소금물이 이제야 꿀렁꿀렁 쏟아져 나오는 듯했다.

'이럴 때가 아니야. 등굣길을 익혀야 한다고.'

어떻게든 눈을 부릅뜨려 하자 이번에는 눈꺼풀이 뒤집히는 것 같았다. 결국 포기해야 했다.

"야! 속도 좀 줄여!"

외쳐봤지만 소용없었다. "와우!" 하는 어이없는 함성만 들려올 뿐이었다. 민준은 살기 위해 오늘 처음 보는 녀석의 허리춤에 매달릴 수밖에 없었다. 밀항선 뱃전에 붙어 가는 것도 이거보단 덜 힘들었던 것 같다는 생각과 함께.

·—·—·

"야, 다 왔어."

정신이 멍해질 것 같을 때쯤 까만 헬멧이 민준을 불렀다. 그제야 멍하니 발을 내렸다. 아스팔트 위에 무사히 발이 안착하자 무릎에서부터 허벅지가 후들후들 떨렸다. 오토바이에 달린 작은 거울에는 붉게 상기된 촌놈 하나가 비쳤다. 에이씨, 손질한다고 10분이나 걸린 머린데. 여러모로 짜증이 확 뻗쳤다. 그런 것도 모르고 녀석은 헬멧을 옆구리에 끼고 해맑은 얼굴로 히죽 웃었다.

"어때? 완전 빨리 왔지?"

"헬…… 헬멧 미착용은 불법이야."

"뭐? 그렇긴 한데……, 요즘 그런 거 누가 신경 쓴다고 그래. 이거 정말 이상한 새끼네. 누가 보면 무단횡단 한 번 안 해본 줄 알겠다."

당연히 안 해봤다. 아니, 법을 어기는 행위라면 일절 하지 않았다. 그게 당연한 것 아니던가? 누구나 법을 어기고 마음대로

22

살아도 되는 것이면 애초에 법 따위는 필요 없었을 것이다.

"해봤어."

그러나 태연하게 거짓말을 했다. 벌써 녀석의 입에서 '이상한 새끼'라는 말이 두 번이나 튀어나왔기 때문이었다. 민준은 자기가 그렇게 수상한지, 벌써 의심받고 있는 건지 혼란스러웠다. 민준의 속도 모른 채 까만 헬멧 녀석이 어깨를 으쓱 들어 올리며 싱긋 웃었다.

"그래, 대한민국에서 무단횡단 한 번 안 해봤으면 간첩이지!"

"뭐, 뭐?"

"물론 한순간 실수할 수도 있으니까 보통은 헬멧을 씌워 주는 편이야. 오늘은 갑자기 널 태울 줄 몰랐으니까."

까만 헬멧이 낄낄대며 웃었다. 그러나 민준은 마음 놓고 따라 웃을 수가 없었다. 이제는 하다 하다 녀석의 입에서 '간첩'이라는 말까지 나왔다.

'아니, 내가 뭘 했다고? 아직 등교도 안 했는데?'

정말 억울하기 그지없었다. 참담한 마음이 굴뚝 같은데 녀석은 아무렇지 않은 얼굴로 빙글빙글 헬멧에 손을 걸어 돌렸다.

"근데 너 몇 반이냐? 정말 한 번도 본 적이 없는데. 김민준?"

"내 이름은 어떻게 알았어?"

순간 고개가 획 돌아갔다. 빙글대는 녀석의 얼굴을 보며 험악하게 얼굴을 굳혔다. 역시 어딘가 좀 이상하다 했다. 이 녀석도 혹시 간첩인가? 맹렬한 눈으로 바라보자 녀석이 눈썹을 구기며 한 발 뒤로 물러났다.

"어떻게 알았어, 내 이름."

'좋은 말로 할 때 바른대로 대답해.' 민준의 입에서 무시무시한 협박들이 튀어나오려는 찰나, 녀석이 힘 빠지는 동작으로 짧게 고갯짓했다. 내리뜬 시선이 가리키고 있는 것은 민준의 가슴팍이었다.

"명찰."

"아?"

"아아? 이거 진짜 진짜로 이상한 놈이네."

정말 이상한 사람 보듯 눈을 흘기는 모습에 민망한 얼굴로 가슴팍에 달린 명찰을 만지작거렸다. 이로써 세 번째다. 간단한 것조차 생각하지 못하고 쉽게 흥분하고 말았다.

민준도 진정하고 고개를 절레절레 젓는 녀석의 가슴팍을 확인했다. '안 용' 외자 이름이 갈겨쓴 글씨체로 명찰에 수놓여 있었다. 그걸 알아본 녀석의 눈빛이 순간 싸늘해졌다.

"이름 가지고 놀리면 죽는다."

"어? 아, 아니야. 내가 왜 그런 쓸데없는 짓을……."

민준은 아이의 이름을 외우기 위해 속으로 되뇌었다.

안 용. 안용. 안농. 안농?

여러 번 읊어 본 것이 아님에도 입안에서 발음이 귀엽게 굴러 다녔다.

"풉…… 안농?"

"야, 이 새끼가……."

혼자 생각한다는 것이 자기도 모르게 입 밖으로 나오고 말았다. 오토바이 녀석의…… 그러니까 용이의 얼굴이 험악하게 일그러졌다. 민준은 서둘러 웃음을 갈무리하고 한 손을 들어올려 보였다. 미안하다는 기색을 진지하게 얼굴에 담아.

"미안하다, 안농. 놀리려는 생각은……."

"야, 발음 제대로 안 하냐?"

자기 이름을 들은 용이 득달같이 달려들었다. 머리 위로 용의 주먹이 날아왔다. 민준은 일반인의 느린 주먹이 다가오는 게 정확히 보였지만, 적당히 맞아 주는 게 나을 듯해 잠자코 오는 주먹을 받아 주었다. 그러자 징 하고 골을 울리는 아픔이 느껴졌다. 훈련을 했다고 아프지 않은 건 아니다.

"다시는 놀리지 마라!"

"그러니까 놀린 게 아니라니……."

"아, 야! 우리 지각이다!"

정말 정신없었다. 눈앞의 별이 사라지기도 전에 덥석 목덜미를 움켜쥔 용이 그대로 내달리기 시작했다.

"빨리 좀 뛰어!"

민준은 컥, 하고 목줄이 당겨지는 강아지처럼 엉겁결에 용의 뒤를 따라 달렸다. 쏜살같이 교문을 통과하는 용은 교문에 선 선생님을 사이좋은 친구를 대하듯 경박한 웃음을 띤 채 지나쳤다.

"쌤, 안녕하세요!"

"빨리빨리 안 다니냐, 용!"

지각이라기에 별말 없이 뛰었지만, 학교 건물에 걸린 시계는 8시 20분을 가리키고 있었다. 공연히 뛸 필요도 없을 것 같아 발걸음 속도를 늦췄다. 민준은 불만 섞인 눈으로 용을 휙 돌아보았다.

"왜 그렇게 빨리 가는 거야? 아직 8시 20분이야."

"헉, 헉…… 숨 차니까, 말 걸지 마."

겨우 이 정도 달리고 힘들다고 하다니 한심하기 짝이 없다. 민준은 목에 감긴 녀석의 팔을 탁 쳐내고 두 다리에 힘을 주고 멈춰섰다. 이미 교정 안이다. 건물 안에서 뛰지 않는 건 교칙 중 하나다.

이제 앞으로 다닐 교정을 천천히 감상하고 있자니, 계단을 두세 개씩 뛰어오르던 용이 멈춰섰다.

"야, 멀뚱히 뭐 해? 이리로 와."

"왜?"

"3학년 교실은 3층이니까?"

용이 당장이라도 앞으로 뛰어나갈 듯 몸을 움찔하며 말했다. 그러나 민준은 용을 무시하고 고개를 좌우로 꺾으며 1층으로 향했다.

태연하게 신을 벗고 1층 복도로 들어가자 녀석이 한 계단 아래로 내려왔다. 얼굴에는 어리둥절함과 다급함이 동시에 담겨 있다.

"뭐야? 너 어디 가?"

"난 교무실로 먼저 오라고 했어."

"뭐?"

1층 중앙 계단 바로 옆, 3학년 학급 교무실 팻말을 가리키며 말하자 용의 눈이 믿을 수 없다는 듯 동그래졌다. 그 모습은 마치 작전 중 배신당한 녀석 같았다. 그리고 타이밍 죽이게도 딩동, 학교 전체에 종소리가 울려 퍼졌다.

그러자 용의 얼굴은 정말로 사면초가 상황에 놓인 병사처럼 변했다. 하얗게 질린 녀석이 머리를 쥐어뜯었다.

"아, 망했다! 지각 안 할 수 있었는데! 너 때문에!"

종소리와 절규 섞인 목소리가 화음을 이루며 좋은 소리를 냈다. 민준의 얼굴에는 어느새 싱긋 기분 좋은 미소가 퍼졌다.

·━·━·━

"오오, 전학생이다."

"오오."

교실은 다시 한번 울린 종소리 후로 소란스러워졌다. 교실로 향하는 복도에는 각 반의 학생들이 민가에서 보던 소처럼 우르르 머리를 내밀고 있었다. 아무에게도 알리지 않은 전학 소식이었는데 어떻게 다들 알게 된 건지. 선생님조차 의아한 표정을 하고 교실 창을 통통 두들겼다.

"야, 이 녀석들아. 들어가서 수업 준비해!"

그러나 선생님의 말에도 아이들은 삼삼오오 다투며 구경하느라 바빴다. 문 앞에 멈춰 서니 웅성거림은 더 커졌다.

"어, 쌤! 전학생 저희 반이었어요?"

"헉, 야, 전학생 우리 반 왔대!"

"아, 좀! 시끄러워! 집중 안 돼!"

웅성거림 속에서 책상 위에 문제집을 잔뜩 펴 놓고 있던 여자아이가 새된 소리를 내며 두 귀를 막았다.

"야, 쉬는 시간은 쉬라고 있는 거야. 좀 쉬어라!"

이번에는 남자아이가 외쳤다. 책망이 담긴 소리에 여자아이는 짜증스럽게 두 귀에 이어폰을 꽂았다. 옆을 지나치던 다른 남자아이가 장난스럽게 문제집을 툭, 덮어버렸다. 다행히도 여자아이가 다시금 새된 소리를 내지르기 전에 선생님이 앞문을 열고 등장했다.

그 뒤를 민준이 따랐다.

"자, 다들 조용, 조용. 너희도 보다시피 전학생이고, 이름은 김민준이라고 한다. 지루한 고3 생활에 갑자기 전학생이라니 흥분되겠지만, 너희들 고3이라는 것 잊지 말고 차분하게 다 같이 공부하는 분위기 만들어 가도록."

"오오!"

차분한 분위기를 만들어 가자는 선생님의 말이 떨어지기 무섭게 환호성이 교실을 메웠다. 선생님은 익숙하다는 듯 고개를 절레절레 젓고는 손가락으로 자리 하나를 가리켰다.

"저기 빈 자리에 앉으면 돼."

"예."

민준은 고개를 끄덕이고 빈자리로 향하는 내내 옆에서 아이들의 호기심 어린 시선을 느꼈다. 그때 다시 한번 종소리가 울렸고 선생님의 얼굴에는 반기는 기색이 담겼다. 서둘러 출석부와 서류를 정리해 들고 교실 문을 열었다.

"수업 준비해라."

"네!"

선생님이 사라지자 교실은 삽시간에 소란스러워졌다. 아이들은 하나둘 찌뿌둥한 몸을 펴며 자기 자리에서 벗어났다.

시간표를 훑으며 다음 시간 교재를 준비하던 민준은 어리둥절한 눈으로 고개를 들었다. 그러자 민준의 눈엔 의자에 엉덩이를 걸치며 자리를 잡는 아이와, 교실 뒤편의 거울 앞으로 몰려가는 아이들의 모습이 차례대로 들어왔다. 몇은 수업을 들을 생각이 없는 것인지 아예 머리 손질 도구를 가져와 용모를 정돈하기 시작했다.

교실 안에서 아이들이 가장 많이 몰린 곳은 민준의 자리였다.

"안녕?"

"어, 안녕."

"어디서 왔어?"

"충남에서 왔어."

불쑥 튀어나오는 질문에 당황한 티를 감추고 미리 숙지한 대로 답을 내놓았다. 마치 틱, 하고 질문을 입력하면 툭, 정답이 튀어나오는 기계 같았다. 아주 쉬운 시험 문제를 푸는 것처럼 곧 자신감이 차올랐다.

"오~ 전학생, 여자친구는 있어? 얘가 물어봐 달라는데?"

"야! 뭐야, 내가 언제에~."

"아, 여자친구는……."

그러나 여유롭게 피어올랐던 내 미소는 교실 안을 가득 메우는 욕이 섞인 누군가의 고함에 날아가 버렸다.

"야, 이 새끼! 너 우리 반이었냐?"

갑자기 들려온 소리에 모두의 시선이 교실 뒷문으로 향했다. 입력된 문제에 답을 전송하려던 민준도 고장 난 기계처럼 멈추고는 끼기긱 뒤로 고개를 돌렸다. 그러자 교복 셔츠를 걷어붙이고 씩씩거리며 서 있는 용의 모습이 눈에 들어왔다. 용의 손에는 젖은 대걸레 한 자루가 들려 있었다.

"풋……."

민준은 흘러나오는 웃음을 간신히 막았다. 주변에 모인 아이들은 알아채지 못했지만 용은 그 모습을 똑똑히 봤다.

"이익……."

용의 표정이 서서히 변하기 시작하더니 대걸레를 들고 있던 주먹이 부들부들 떨렸다.

그런데 분명 소란스러웠던 교실은 어느새 조용해져 있고, 다들 제자리에 앉아 있었다. 순식간에 교실 안에 서 있는 학생은 용밖에 남지 않았다. 뒷문에서 갑작스럽게 선생님이 들어와서였다.

"안 용! 화장실 청소는 깨끗하게 했냐? 또 하기 싫으면 가서 자리에 앉아라."

"아, 쌤······."

"훠이, 훠이."

선생님의 손짓에 용은 투덜대면서도 대걸레를 청소함에 꽂아 두고 자신의 자리에 찾아갔다. 그러나 그 순간에도 따끔따끔한 시선을 내게 쏘아보냈다. 민준은 집요하게 날아오는 눈총을 가볍게 무시했다. 그래 봤자 자기 눈만 아프지. 민준에게는 그보다 수업에 집중하는 것이 더 중요했다.

첫 수업은 수학이다. 서랍에서 문제집을 꺼내 펼치고 펜을 손안에 꾹 쥐고 문제집에 코를 박았다. 그러자 익숙하고 보기 싫은 수학 기호들이 눈을 타고 들어와 뇌를 어지럽히기 시작했다. 누가 뭐라 할 새도 없이 머릿속으로 복잡한 수학 문제를 풀어가기 시작했다. 손은 움직이지 않고 그대로 있었으나 이미 문제의 답은 머릿속에 나와 있었다. 손쉽게 답을 내놓고 꾹, 검지와 엄지로 관자놀이를 눌렀다.

"후우······."

수학은 언제나 지겹고 지루한 과목이다. 하지만 그럼에도 열심히 머리를 굴렸다. 그것은 바로 민준의 임무가 '수능 만점'이기 때문이다.

고향을 떠나오며 받은 임무 중 하나는 바로 수능을 보는 것이었다. 그것도 '그냥' 보는 것도 아니고 아주 '잘' 보는 것도 아닌 '수능 만점'. 민준도 처음 임무를 받았을 때 정말 많이 놀랐다. 그게 무슨 임무란 말인가. 그러나 사실이었다.

민준의 정확한 임무는 '수능 만점'을 받고, 수많은 언론사와 만점자 인터뷰를 할 때 남쪽에서 사는 게 너무나 힘들다고 말한 뒤, 다시 북으로 돌아가는 것이다.

황당한 표정을 겨우 숨기고 있던 민준에게 임무를 전달한 대장 동지는 이렇게 덧붙였다.

"임무를 수행하며 알게 된 배신자는 모두 처단하라."

생각을 거듭하다가 민준은 관자놀이를 꾹꾹 누르며 고개를 설레설레 저었다. 압박감이 머릿속을 시끄럽게 했지만, 복잡한 기분은 일단 저편으로 접어두기로 했다. 지금은 일단 수능 만점을 위해 수업을 열심히 들어야 하니 말이다.

고등학교 3학년의 수학은 민준에게 참으로 지루했다. 당연했다. 이미 두뇌면 두뇌, 신체면 신체, 모든 면에서 혹독한 훈련과 검증을 마치고 떠나온 민준이었다. 처음엔 학교에 다니지 말고 시험만을 볼 것을 계획했지만, 대다수 학생처럼 고등학교에 진학한 뒤 수능 시험을 보는 것이 더 그럴듯한 잠입이라는 누군가의 판단하에 민준은 학교로 오게 되었다.

그 결정이 민준의 마음에 쏙 들었다. 혼자 공부하지 않고 수업을 들을 수 있었으며, 무엇보다 고대하던 이곳에서의 학교생활을 만끽할 기회가 주어졌기 때문이다. 물론 이런 사적인 욕구는 함부로 발설해서는 안 되는 그만의 비밀이다.

지루한 수업에 어쩔 수 없이 눈이 교과서를 벗어나 옆으로 향했다. 그러자 책상에 엎드려 조는 대다수 학생들의 모습이 들어왔다. 아까 전부터 뒤가 조금 소란스럽다 했는데, 뒤에 앉은 몇몇은 저들끼리 낄낄대며 휴대폰을 들여다보고 있었다. 민준은 놀란 표정을 미처 감추지 못하고 앞에서 열심히 문제 풀이 중인 선생님을 한 번, 자신의 문제집을 한 번 바라보았다.

선생님이 막 설명하고 있는 문제는 민준에게는 평이했지만 결코 쉽다고 할 수 없었다. 그럼에도 절반 넘는 학생이 수업에는 전혀 집중하지 않고 지루한 표정으로 딴짓을 하고 있었다. 과연, 남쪽의 수능에서 고득점을 받는 게 왜 어려운 일이라고 했는지 알 것 같았다. 이 정도 문제쯤은 거들떠보지도 않는 쟁쟁한 실력자들이 이 학급에만 절반이 넘다니……. 이대로는 위험할 수도 있겠다는 위기감이 들었다. 민준은 다시 앞을 바라보고 수업에 집중하기 시작했다.

이번에는 대각선 앞자리에 앉은 용의 옆모습이 눈에 들어왔다. 수업에 집중하는 몇 안 되는 학생 중에 용도 있었다. 그 모습을 보자 피식, 웃음이 나왔다. 그럼 그렇지. 딱 봐도 공부를 잘하게 생기지는 않았다 했더니, 역시 예상이 맞았다. 지각하지를 않나, 오토바이는 헬멧을 씌우지 않고 나를 태우질 않나. 그런 모습을 볼 때 용은 소위 말하는 '날라리'인 게 분명했다. 자연스럽게 고개가 끄덕여졌다.

알 만했다. 수업을 열심히 듣는 쪽은 아직 내용을 이해하지 못한 학생이고, 수업 내용을 지루해하는 쪽은 이미 고난도의 문제까지 풀 수 있는 학생이다. 일단 용과는 절대 친해지지 말아야지. 수능 만점을 받기 위해서는 용 같은 학생보다는 공부를 잘하는 학생과 친해지는 것이 유리할 것이다.

이미 숙지한 내용의 수업을 듣는 것보다 지금은 함께 공부할 친구를 물색하는 것이 좋을 것 같다고 판단했다. 교실을 죽 둘러보자 구석진 자리에서 몰래 거울을 꺼내 들고 연지를 바르고 있는 학생이 눈에 띄었다. 수업을 듣지 않는 정도를 넘어 아예 신경도 쓰지 않는 것 같았다. 오호, 그 정도란 말인가……

그러나 아무래도 여자아이와 친해지는 것은 꺼려졌다. 그런 내 눈에 그 여자아이의 뒷자리, 그러니까 교실의 맨 뒷자리에 앉아 있는 한 학생이 눈에 들어왔다. 민준처럼 엄청 짧진 않지만 반듯한 머리에 교복 또한 단정히 갖춰 입고 있는 모습. 그리고 무엇보다 수업 중에 태연하게 손을 밑으로 내리고 휴대폰을 하는 모습! 수업이 시작한 이래 단 한 번도 저 아이의 손이 책상 위로 올라오는 것을 본 적이 없었다. 그래, 기왕 친해진다면 저 아이와 친해지는 것이 좋을 것 같다.

좋은 친구를 찾은 것 같아 기분이 좋아졌다. 물론 정을 주고 진정한 친구가 되겠다는 건 아니다. 그저 임무를 위한 일일 뿐!

민준은 피식피식 웃으며 공책 귀퉁이에 '친구 만들기'라고 끄적였다.

·—·—·—·

수업을 마치는 종소리가 울려 퍼짐과 동시에 교실은 소란스러워졌다. 그 소란을 교탁을 쳐서 잠시 잠재운 교사는 간단하게 말했다.

"오늘 수업은 끝."

그러고는 교과서를 덮고 나갔다. 학생들은 그 뒤로 "안녕히 가세요." 하고 인사드렸다.

이곳에서의 첫 수업이 끝나고 첫 쉬는 시간이 되었다. 민준도 소란스럽게 일어서는 아이들을 따라 설레는 마음으로 자리에서 일어섰다. 내가 일어서는 것과 동시에 앞자리에서 일어선 용이 민준을 뚫어지게 바라본 채 성큼성큼 다가왔다. 민준은 그런 용을 곁눈질로 확인하고, 그냥 못 본 척하고 재빨리 교실 문을 나섰다. 아니, 나서려 했다.

"야, 야!"

뒤에서 기척이 느껴짐과 동시에 용이 목에 팔을 걸어왔다. 묵직하게 뒤에 달라붙는 용을 만류하려 버둥거렸으나 엇, 하는 틈도 주지 않고 용이 마구 머리를 쥐어박았다. 민준은 알면서도 저항 한 번 하지 못하고 당하며 용의 팔에 탭을 탁탁 쳤다. 장난이 아니라, 용의 공격은 정말로 눈물이 찔끔 날 정도로 아팠다.

"너 이 자식, 다 봤어. 감히 비웃으면서 가? 태워다 준 은혜도 모르고……."

"무슨 소리야. 내가 언제?"

"모른 척하지 마! 너 때문에 나는 아침부터 화장실 청소하고 왔으니까!"

"그건 그냥 네가 지각해서……."

"그것도 너 때문이잖아!"

"야, 너 전학생 괴롭힌다고 선생님께 말한다?"

"이건 정당방위지!"

목을 꽉 조인 용은 팔을 풀 생각을 하지 않았다.

"야, 용! 이거나 받아라!"

"어, 어!"

그때 누가 용에게 무언가 단단한 물체를 던졌다. 민준은 정면으로 날아오는 물체를 발견했으나, 용은 민준의 머리를 잡고 있어서 보지 못했다. 순간 민준의 입에 씩, 미소가 걸린 건 아무도 보지 못했다. 용은 민준의 목을 붙잡고 있느라 머리는 완전히 무방비 상태였다. 민준이 슬쩍 앞으로 팔을 들어올리며 답답하게 목에 걸린 용의 팔을 풀어내려 애쓰는 척 움직였다.

'그래, 자연스럽게…… 이쯤이다!'

민준이 들어올린 팔과 머리를 그대로 숙였다.

"악!"

용은 얼굴에 무언가를 퍽, 하고 맞으면서 나가떨어졌다. 용에게서 풀려난 민준은 그제야 그 물체가 뭔지 확인했다. 용이 쓰던 검은색 오토바이 헬멧이었다. 예상보다 아파하는 걸 보니 살짝 미안한 감이 들었다.

"아하하! 안 용! 그것도 못 받냐?"

"아하하, 하하!"

용을 알게 된 지 2시간 남짓인 민준조차 미안함을 느끼고 있는데, 오히려 주위에서 큰 웃음소리가 들려왔다. 용이 민준을 잡았을 때 떠들썩한 분위기 때문에 모두의 시선이 모였는데, 용이 헬멧에 얼굴을 강타당한 장면을 보고는 다들 크게 웃어댔다. 민준은 아무래도 용이 어지간히도 반에서 미움을 받는가 보다

하고 생각했다.

"이평온······."

"왜? 난 잘못 없다. 나는 제대로 던졌어."

용이 이를 바득바득 갈며 헬멧을 집어던진 친구를 노려봤다. 아까 전 교실 맨 뒷자리에서 수학시간 내내 휴대폰을 만지작대던 녀석이었다. 그 녀석은 자기 이름이 불리자 두 손을 저으며 손사래를 치고는 흘끗 민준에게 시선을 던졌다. 그러자 용이 화살의 겨냥점을 민준에게로 돌렸다.

"후, 김민준. 이 개새······."

"나를 붙잡은 건 너야. 나는 보지도 못했단 말이야."

민준도 평온이라는 친구처럼 변명을 늘어놓았지만, 용은 멈추지 않고 계속해서 노려봤다. 그때 다행히도 쉬는 시간이 끝났음을 알리는 종이 울렸다. 쉬는 시간이 어찌나 짧은지 결국 교실 밖으로 한 걸음도 나가보지 못했다. 어쨌든 그게 중요한 건 아니다. 민준은 또다시 목이 졸리고 싶지 않아 서둘러 자리로 갔다. 이럴 때는 차라리 종이 일찍 울린 것이 다행이다. 그러나 종이 울렸음에도 용은 계속 쫓아와 손을 뻗었다. 이번에는 그 손길을 손쉽게 피하고 수업 종소리를 듣지 못한 듯한 용에게 중대한 사실을 알려 주었다.

"수업 종 울렸어."

"어쩌라고. 넌 죽었다, 새꺄!"

시작종이 울렸는데도 왜 곧바로 수업이 시작되지 않는 건지, 이곳의 시작종은 5분 미리 울리기라도 하나? 결국 선생님이 교실로 들어온 것은 민준의 목이 이미 한참 졸리고 난 뒤였다.

버킷리스트 두 번째

다음은 국어 시간이다. 이 또한 문제없었다. 수학 시간처럼 마냥 지루하지는 않았다. 어디를 가든 전 세계가 공통적인 수학 과목이야 이미 자랑할 만한 실력을 뽐내고 있는 내게 지루하기만 했지만, 국어는 달랐다. 이곳과 고향에서 사용하던 말이 미묘하게 달라 말의 차이가 흥미롭기도 하고, 신경 써서 지문을 읽는 것도 재미있었다.

민준은 지문에 나온 작품들을 읽는 게 좋았다. 운치가 있어 마음에 드는 시도 몇 편 있었다. 그중에서도 〈너를 기다리는 동안〉이라는 제목의 시는 어딘가 서글픈 마음이 들기도 했다. 그 시를 읽으면 왠지 모르게 고향 생각이 났다.

소설 중에서는 《엄마의 말뚝2》가 좋았다. 하지만 입시 시험 문제를 풀 때는 소설을 마음 놓고 감상할 시간은 없었고, 또 중요한 대목을 잘라 먹거나 요약으로 대체하는 경우가 많아 마음에 들지 않았다. 꼭 내용에 빠져들 때쯤이면 이야기가 끝이 나고는 했다.

그렇기에 도서관에서 그 소설을 꼭 처음부터 끝까지 읽어보고 싶었다. 그 외에도 짤막한 지문으로만 접했던 한 작품 중 끝까지 읽어보고 싶은 것이 많았다. 민준은 버킷리스트 두 번째를 남쪽에서 적었다. '도서관에 가서 책 읽기.'

그래서 첫 수업 쉬는 시간에는 도서관에 다녀오고 싶었는데, 용으로 인해 모든 것이 수포로 돌아갔다. 하여간 용과는 절대로 친해지지 말아야겠다고, 민준은 마음속으로 다짐하며 고개를 끄덕였다.

"그럼 이 문제는 전학생이 한번 답을 말해 볼까?"

쓸데없는 생각을 하며 멍하니 용의 뒷모습을 노려보고 있을 때 민준의 귀로 선생님의 목소리가 꽂혔다.

"아, 예."

갑작스러운 선생님의 호명에 민준은 서둘러 책으로 시선을 내렸다. 민준이 한눈파는 걸 어떻게 눈치챈 건지 모르겠지만, 선생님 또한 만만치 않은 것 같다. 민준은 당황한 마음을 가라앉히려 애쓰며 열심히 문제를 훑었다.

민준이 북쪽에서 공부할 때는 항상 수능을 대비한 문제집을 풀었다. 당시 국어 선생님은 문제 풀이에 일정한 시간을 정해놓았다. 당연히 주어졌던 시간 내에 모든 문제를 푸는 데 성공했던 민준은 당당한 목소리로 선생님의 질문에 답을 내놓았다.

"2번이요."

"흠, 그래? 다시 한번 생각해 볼까? 그럼 그 앞에, 안 용."

뭐야, 지금 틀렸다고 한 건가? 민준은 재빨리 문제를 다시 읽어봤다. 틀릴 리가 없었다. 아니, 애초에 왜 문단 순서를 바꾸어 놓고 학생더러 제대로 맞추라고 하는 것인지 알 수 없었다. 그러나 방금 답한 대로 순서를 맞추어 읽어도 전혀 문제 될 것도 어색한 점도 없어 보였다. 이게 답이 아니라니? 그럼 무엇이 답이란 말인가.

"3번이요."

앞에서 선생님의 질문에 답하는 용의 목소리가 들려왔다. 민준은 놀란 눈으로 고개를 번쩍 들었다.

"얘들아, 답이 몇 번이지?"

"3번이요!"

선생님이 아이들을 향해 묻자 대부분의 아이들이 확신에 차서 한 목소리를 냈다.

"음, 그래. 문단의 앞 구절을 확인해 보면······."

이미 선생님은 문제 풀이로 넘어갔으나 민준의 귀에는 더 이상 선생님의 목소리가 들리지 않았다.

"왜……?"

민준은 중얼거리며 흔들리는 눈동자로 빠르게 문제를 읽어 내려갔다. 다른 아이들이 답한 대로 문단을 재조합해 읽어보고 자신의 정답대로 재조합해 다시 한번 읽어보았다. 그러나 민준은 여전히 알 수 없었다. 이렇게 바꿔도 맞고, 저렇게 바꿔도 맞는 것 같았다.

민준이 문제집을 들여다보며 혼잣말하는 것을 들었는지 짝이 민준 쪽으로 몸을 기울여왔다.

"자, 한번 보자~. 여기서는 그러니까…….."

민준이 고개를 들어 올리자 옆 짝꿍이 초등학생을 가르치는 선생님 말투로 설명을 하기 시작했다. 뭐지, 민준은 문제집에 연필로 늘어나고 있는 표시들을 눈썹을 찡그린 채로 바라보았다. 그러자 앞에 앉은 녀석, 바로 민준의 대각선 앞자리에 앉은 안 용도 뒤를 돌아 그 조그마한 수업을 지켜보기 시작했다.

"에이, 이거 설명하려니까 어렵네. 그냥 외워, 외워!"

"국어 지문을 어떻게 외우냐, 멍청아."

"몰라, 네가 설명해 봐. 설명이 쉬운가, 어려운가!"

"야, 여기서는 문단마다 접속사가 있잖아. '그러나' '왜냐하면' '그리고'······."

용이 큼지막하게 볼펜으로 문제집에 동그라미를 그려가며 설명을 했다. 덕분에 새것이었던 문제집에 지워지지도 않을 흔적이 커다랗게 세 개나 생겨났다. 민준의 눈썹은 아까보다 훨씬 더 찌그러졌다.

"이게 바로 꿀팁이야, 자식들아."

용은 자신이 전수해 준 비법이 대단하다 느꼈는지 한껏 뻐기며 말했다. 그 모습에 왠지 더 심술이 났다. 애초에 공부도 별로 잘하지 못하는 것 같은 용을 어떻게 믿는단 말인가. 만족스럽게 설명하고 다시 뒤돌아 앉은 용의 어깨를 민준이 툭툭 쳤다. 그러자 용이 또 무슨 일이냐는 듯 뒤를 돌아보았다.

"이거 도로 깨끗이 만들어 놔."

민준은 잔뜩 굳은 얼굴로 자신의 문제집을 가리키며 말했다.

"엥? 볼펜을 무슨 수로 지우냐? 사내자식이 쩨쩨하기는. 그냥 써!"

"마음에 안 드니까 다시 원래대로 만들어 놓으라고."

민준의 말에 용의 눈썹이 씰룩, 움직였다. 그때 선생님이 제재에 나섰다.

"거기, 왜 그렇게 소란스러워?"

"아, 아니에요, 쌤. 전학생이 문제 좀 알려 달라고 해서요. 아무래도 아까 전 틀린 문제가 아직도~ 이해가 안 가나 봐요!"

용의 놀리는 말에 순간 교실이 와하하, 하고 웃음소리가 쏟아졌다.

민준은 속에서 화가 치밀어올랐다. 쉬는 시간에 용을 웃음거리로 만들어 미안함을 느꼈던 건 취소다! 민준은 화를 이기지 못하고 자기도 모르게 소리를 칠 뻔했다.

"이! 새끼가…… 내가 언제……."

민준은 당장에라도 용의 멱살을 움켜쥐고 싶은 것을 참았다. 그러나 민준이 작은 목소리로 읊조린 욕을 들었는지 짝꿍과 용이 더 신나게 웃어젖혔다. 민준의 속이 부글부글 끓어오르다 못해 타들어 가려고 할 때쯤 선생님이 막대기로 용의 책상을 탁탁탁, 치며 교실의 소란을 잠재웠다.

"자, 조용조용! 과외는 쉬는 시간이나 자습시간에 해. 그리고 너희 둘."

선생님은 막대로 용과 민준을 번갈아 가리켰다.

"수업 끝나고 교무실로 따라오도록!"

"예?"

"네에? 선생님! 제가 왜요? 떠든 건 얘잖아요."

용이 호들갑스럽게 외쳤으나 선생님은 다시 문제집으로 고개를 돌렸다.

"이유는 교무실 가서 듣고, 지금은 수업에 집중해라."

민준은 당황스러웠다. 전학 온 지 하루 만에, 그것도 겨우 2교시 만에 교무실행이라니! 도대체 잘못한 게 뭐기에 벌써 교무실에 끌려 간단 말인가. 혹여 낮게 읊조린 욕이 선생님의 귀에 들어가기라도 했을지도 몰랐다. 나머지 수업은 교무실에 끌려가게 되어 벌어질 일을 걱정하느라 제대로 집중하지 못한 상태로 마치고 말았다.

·—·—·—

"흠, 어디 보자."

민준과 용, 둘을 교무실로 불러낸 선생님은 교무실에 도착하자마자 자리에 앉아 서류를 훑어보기 시작했다. 흘끗 보니 그것은 이 학교에 입학하며 어머니, 아버지가 제출한 민준에 관한 서류였다. 무미건조한 모습으로 입을 꽉 다문 사진이 거기 붙어 있었다. 어라, 저런 사진을 찍은 기억은 없었다. 자세히 보니 그건 민준의 사진이 아니었다. 그저 민준과 닮은 다른 누군가의 사진으로 보였다. 집에 있는 '어머니'와 '아버지'도 그렇고, 닮은 사람을 참 잘 찾는구나 싶었다.

선생님이 한 장 한 장 서류를 넘기자 그 뒤에는 성적표가 나왔다. 뭐라고 써 있는지 민준의 눈에 기대감이 차올랐다. 그러나 막상 마주한 성적은 형편없었다. 이왕 위조할 거라면 좋은 성적으로 할 것이지 저게 뭔가 싶었다. 아마도 '누구 대신'으로 입학한 민준은 성적도 그 '누구'의 것을 사용할 수밖에 없었나 보다.

"음, 그래. 잘 왔어, 둘 다."

선생님은 한참을 보던 서류를 탁, 하고 닫더니 그제야 고개를 들었다. 마치 민준과 용이 온 걸 몰랐다는 듯했다. 옆에 서 있던 용이 입을 삐죽여 보였다.

"아, 선생님, 뭐예요. 왜 갑자기 부르신 건데요, 네?"

"혹시 네가 전학생을 괴롭히는 건 아닌가 싶어서."

"네에? 아니 그게 무슨 소리예요! 와, 억울해······."

"농담이고. 사실은 용이 네가 전학생이랑 많이 친해진 것 같아 보여서. 괜찮으면 이거 같이 안 해 볼래?"

국어 선생님은 그렇게 말하며 한 장의 종이를 내밀었다. 회색빛 종이에선 강한 종이 냄새가 풍겨왔다. 민준은 코를 작게 킁킁거렸다. 진하게 풍겨오는 종이 향이 금세 기분을 좋게 만들어 주었다.

종이에는 '스터디 그룹 신청서'라고 인쇄되어 있었다. 스터디 그룹? 함께 공부를 하는 모임? 내가, 얘랑? 민준의 코로 흥, 하고 콧바람이 빠져나갔다. 안 봐도 고생길이 훤했다. 그러나 그

렇게 생각한 것은 민준뿐만이 아니었는지 옆의 용도 뚱한 표정
이 되었다.

"선생님, 이거 인원수 채워야 해서 그러는 거죠? 어쨌든 저는
할 생각 없어요. 안 그래도 제 공부하느라 바쁜데 얘 것까지 봐
줘야 하잖아요."

"아이, 그런 거 아니야. 너도 좋잖아. 이거 하면 내신에도 도
움돼."

"저도 괜찮습니다, 선생님. 공부는 원래 더 잘하는 사람이 봐
주는 거 아닙니까? 저도 쟤 것 봐줘 가며 공부할 시간 없습니
다."

민준도 손가락으로 옆에 있는 용을 가리키며 말했다. 그러자
용이 어이없다는 듯 흥, 하고 웃었다.

"웃긴다, 야. 네 성적을 봐!"

선생님이 아까 전 들춰보던 서류를 용이 가리켰다. 아무래도
선생님이 서류를 넘겨 볼 때 눈으로 읽었던 것인지, 아주 당당
한 품새였다. 민준은 용의 말에 눈을 한껏 찌푸리고는 답답하다
는 듯이 가슴을 콩콩 때렸다. 억울한 마음이 한가득 차올랐으나
무어라 할 말이 없었다. 그 모습에 용이 역시 하는 표정으로 웃
는 바람에 민준은 속이 더 타올라 순간 버럭 소리를 낼 뻔했다.
다행히도 선생님이 그를 막아 주었다.

"이거 막 보고 그러면 안 돼!"

선생님은 양팔로 책상에 놓인 서류를 감추듯 막아보며 짐짓 난감하다는 듯이 외쳤다.

"선생님이 대놓고 열어보셔 놓고."

"됐어, 됐어. 그건 머리에서 지우고……. 민준아, 보니까 아까 국어 문제 어려워하던데, 이 스터디 그룹 내가 담당 교사니까 모르는 것 생길 때마다 내가 옆에서 봐 줄 수 있어. 한번 해보는 게 어때? 그리고 용이가 이래 보여도 우리 반에서 공부를 제일 잘해."

"제일…… 잘한다고요? 얘가요?"

"응, 반에서 1등이야. 전교에서도 항상 5위권 안에 들어."

민준은 순간 어이가 없어졌다. 전혀 그렇게 생기지 않은 녀석이 반에서 1등? 그게 만약 사실이라면 민준이 봤을 때 이 학교 학생들은 공부를 어지간히 못 하는 게 분명하다. 그게 아니고서야 저렇게 날라리 같은 아이가 반에서 1등이라니 믿을 수 없었다. 아니, 오히려 좋았다. 지금까지야 어쨌든 이제 반 1등은 민준이 될 것이다. 용이 반에서 1등이라면 그 자리를 뺏고 1등이 되는 것은 쉬울 것 아닌가. 거기까지 생각을 마친 민준은 음흉하게 훗훗, 웃어 보였다.

"아까 보니까 지망 대학이 A대학이던데……."

"A대학? 풋, 그 성적으로?"

"조용히 해."

민준은 순간 소리를 지를 뻔한 걸 가까스로 참고 이를 앙다문 채 나긋나긋하게 말해 주었다.

"선생님, 저건 제가 공부 안 했을 때 성적입니다. 이제부터는 다를 겁니다."

"응, 알겠어. 어쨌든 이건 오늘까지 제출인데 인원 미달인 것도 있고……. 내가 봤을 때는 둘이 아주 제격이야. 그럼 하는 것으로 안다? 둘 다 여기 서명해."

"예?"

"네?"

그때 3교시 수업을 알리는 시작종이 울렸다. 민준은 이번 쉬는 시간에도 도서관은커녕 학교 구경 한번 하지 못했다. 선생님은 망연자실한 얼굴을 한 용과 민준을 보며 싱긋 웃어 보였다.

"종 쳤다. 빨리 서명하고 올라가야지?"

교무실을 나와 교실로 향하기 위해 계단을 오르며 용은 민준의 머리에 다시 한번 손을 날려 왔다. 민준은 그것을 가볍게 피하고 계단을 달려 올라가 버렸다. 민준의 날렵한 움직임은 저 '굼뜬' 자식은 흉내조차 내지 못할 동작이었다. 뒤로 용의 외침이 들려왔다.

"내가 국어 시간에 눈에 안 띄려고 얼마나 노력했는데!"

뭐라 떠들든 민준이 알 바는 아니었다.

내 임무는 수능 만점

스터디 그룹

　스터디 활동은 방과 후에 이루어졌다. 나머지 수업도 문제없이 진도를 따라간 민준은 이 정도면 수능 정도야 만점을 받을 수 있을 것 같다는 자신감이 생겼다. 모두 정확하게 외우거나 정확하게 풀기만 하면 되는 것이었다는 점이었다. 물론 국어만 제외한다면 말이다.

　스터디 활동이 이루어지는 공간은 도서관 안에 있는 조그만 방이었다. 드디어 도서관에 올 수 있게 되어 민준은 기분이 좋았다. 민준이 어마어마한 크기의 도서관을 둘러보며 감탄하고 있을 때 뒤에서 용이 손을 날렸다. 이것을 피하는 게 일반적일까, 아니면 그냥 맞는 게 일반적일까 생각하던 도중에 이번에도 먼저 용의 손이 뒤통수에 날아와 꽂혔다. 민준은 화를 꾹 참은 얼굴로 뒤통수를 매만지며 고개를 들어 용을 바라보았다.

"야, 내가 같이 올라가자고 그랬지."

민준은 아까 전 5층에 위치한 도서관에 가기 위해 2층의 교실에서 엘리베이터를 잡아타고 올라오던 중에 용을 만났다. 용은 엘리베이터를 향해 전력 질주로 뛰어오고 있었다. 그를 보고 민준은 손을 슬쩍 뒤로 돌려 엘리베이터의 닫힘 버튼을 눌렀다. 엘리베이터는 착실하게도 용이 문 앞에 도착하기 전에 문을 완전히 닫고 위로 움직여 주었다. 아주 완벽했다. 민준은 닫힌 문을 보며 씩, 웃어 보였다.

그때 시간은 스터디 그룹이 시작하기 5분 전. 이미 국어 선생님은 지각하는 사람은 가만두지 않겠다고 엄포를 놓았다. 용에게 다시 엘리베이터를 기다렸다가 타고 올라올 시간은 없었을 것이다. 왜냐하면 민준이 5층에서 내린 뒤 1분간 엘리베이터를 잡아 두고 밑으로 내려보내지 않았으니까. 결국 엘리베이터를 향해 전력 질주를 하고도 타지 못해 5층까지 또다시 전력 질주를 해야 했을 용은 숨을 헥헥 대고 있었다. 다행히도 스터디 시작까지 아직 1분 남아있었다.

"못 봤는데."

민준은 뒤통수를 어루만지며 뻔뻔하게 말했다.

"웃기지 마. 너 나랑 눈 마주쳤잖아."

"아, 너인 줄 몰랐어. 미안."

민준은 뒤에서 떠드는 용을 무시하고 스터디 그룹 아이들이 모여 있는 책상 쪽으로 발걸음을 옮겼다. 그러나 그것은 안 좋은 판단이었다. 민준이 뒤를 돌자마자 용은 다시 민준의 뒤통수를 갈겼다.

"아!"

"푸하하핫."

결국 민준이 참지 못하고 화를 내려는 찰나 누군가의 웃음소리가 들렸다. 용이 후려갈겨 강제로 숙여진 고개를 들어 앞을 보자 그룹 내의 누군가가 이쪽을 보고는 책상을 치며 웃고 있는 모습이 민준의 눈에 들어왔다. 교실에서 용에게 헬멧을 집어던진 이평온이라는 친구였다. 수업 시간 내내 휴대폰을 손에서 놓지 않던 친구. 저 학생도 그룹에 참여하다니 조금은 기분이 나아졌다.

"뭐야, 이평온. 너도 이거 하냐?"

"응. 국어 시간에 폰 하다가 걸려서."

"어휴, 이게 무슨 조합이야."

용은 그룹을 슥 둘러보더니 말했다. 김민준, 안 용, 이평온, 그리고 맞은편에 다른 두 명의 여학생이 더 있었다.

"나는 네가 올 줄 알고 있었지."

평온이 용을 보며 씩, 웃었다.

"이 조합에는 공부 잘하는 애가 한 명이라도 필요할 수밖에 없걸랑."

"근데 왜 나야."

"공부 잘하는 애들 중에서 선생님한테 꼬투리 잡혀서 끌려올 만한 애는 너밖에 없으니까?"

"야, 나는 이 공부 못 하는 친구한테 국어 문제 설명해 준 죄밖에 없어."

용은 옆에 앉은 민준을 쳐다보지 않고 손으로만 가리키며 말했다. 민준은 어떻게 하면 진심으로 이 자식을 패지 않고 적당히 골려줄 수 있을까 고민하다가, 눈앞에 대놓고 손가락질하는 용의 손가락을 콱 깨물어 버렸다.

"아! 아, 야!"

예상치 못한 공격에 용이 화들짝 놀라 손을 거두어 갔다.

"아! 아프다고!"

용이 자신의 손가락을 다른 쪽 손으로 감싸고 점점 아려오는 고통에 소리 없이 몸부림치다가 벌떡 일어나 민준에게 뭐라 하려는데, 타이밍 좋게 국어 선생님이 들어왔다. 용은 그 자세 그대로 도로 자리에 앉을 수밖에 없었다.

용이 씩씩거리며 주저앉는 모습에 절로 큭큭, 웃음이 터져 나오고 말았다. 무방비하게 웃다 선생님과 눈이 딱 마주치고 말았다. 매섭게 굳힌 눈과 마주치는 순간 입을 딱 닫았으나 이미 늦었다.

선생님은 민준과 용을 손가락으로 차례로 가리킨 다음, 브이를 만든 두 손가락 끝을 자신의 두 눈앞에 가져다대고는, 다시 우리 쪽으로 향했다. 수신호? 순간 '적 발견' 수신호와 겹치는 손짓에 움찔, 놀라고 말았다. 민준이 눈을 굴리며 예상치 못한 상황에 당황하고 있을 때 선생님이 입을 열었다.

"내가 너희 지켜보고 있다. 조심해."

"아……."

선생님은 경고를 날린 뒤 잔뜩 들고 왔던 종이 뭉치를 적절히 나누어 주었다. 종이에는 '모의고사'라고 큰 글씨가 적혀 있었다. 선생님은 왼쪽, 오른쪽 나누어 앉은 아이들을 번갈아 가며 가리켰다.

"너희 아직 서로 잘 모르지? 자기소개는 쉬는 시간에 하고, 오늘은 일단 이 문제지로 수준 평가를 할 거야. 그 후 모자란 과목이 있는 학생은 그 과목을 잘하는 학생하고 함께 공부하도록 해줄게. 진짜 시험이라고 생각하고 진지하게 해. 선생님이 시험 시작이랑 종료를 알려줄 테니, 다들 준비하고."

"아, 귀찮아."

제일 앞쪽에 앉은 평온이 책상에 두 팔을 죽 내밀고 엎드리며 말했다. 그러는 탓에 그 건너편 자리에 앉은 여학생의 문제지에 까지 평온의 팔이 가닿았다. 여학생은 어색해하며 문제지를 자신 쪽으로 더 당겼다. 귀찮을 정도로 이 문제가 쉽다는 뜻일까. 작은 눈에 평범한 얼굴을 한 평온은 무언가 공부를 잘할 것같이 생겼다. 선생님이 팔꿈치를 책상에 대고 손에 든 휴대폰을 살짝 들어 올려 보였다. 그러며 다른 손으로 휴대폰을 탁, 누르더니 외쳤다.

"자, 시작!"

선생님의 손에 들린 휴대폰 화면에서 숫자가 빠르게 바뀌어 가는 것을 보며 민준의 목구멍을 타고 침이 꿀꺽 넘어갔다. 남쪽에 내려와 정식으로 수능 연습을 하는 것은 처음이었다. 민준은 서둘러 문제지로 시선을 돌렸다.

첫 시간은 국어. 하필이면 제일 어렵게 느끼는 과목이 처음이라니. 하지만 주어진 시간은 지루하다고 느낄 만큼 길었기에 민준은 연필로 반듯하게 밑줄을 그어가며 천천히 지문을 읽어 내려가기 시작했다. 다행히도 책을 좋아하는 터라 지문을 이해하는 것이 어렵지는 않았다. 한창 문제를 다 풀어 갈 때쯤 선생님의 말이 들려왔다.

"이제 10분 남았어. 마킹도 해야 해."

선생님의 목소리에 지문을 읽던 민준의 고개가 번쩍 들렸다. 다 못 푼 문제가 아직 5문제나 남아 있었다. 설상가상으로 남은 문제는 긴 지문 두 개를 읽어야만 풀 수 있는 것들이었다. 과연 이것을 10분 안에 풀고 마킹도 할 수 있을까. 민준은 더욱 빠른 눈으로 지문을 읽고 답을 해나갔다. 하지만 민준이 컴퓨터용 사인펜 뚜껑을 열고, 막 5번 답안에 마킹할 때 작게 벨이 울렸다.

"자, 다들 손 떼. 어? 민준아, 손 떼야지!"

민준의 손이 파들파들 떨렸다. 선생님의 주의에 손에 꾹 쥐고 있던 사인펜을 내려놓았으나, 심장 박동이 마치 훈련 중 위험에 처했을 때처럼 심하게 두근거려왔다. 임무에 실패했을 때만큼 얼굴이 사색이 되어 민준은 두 손에 얼굴을 묻었다.

그때 옆에서 코에서 바람이 빠져나가는 작은 웃음소리가 들려왔다. 너무 작아서 어찌 들으면 숨소리로 착각할 만한 그 소리를, 민준은 정확하게 들었다. 그것은 웃음소리였다. 민준은 고개를 들고 옆을 바라보았다. 그러자 마킹한 카드를 걷어가고 있던 용과 눈이 마주쳤다. 용이 웃고 있었다.

민준은 참담한 마음으로 집으로 돌아왔다. 지는 노을을 배경으로 보며 돌아온 집은 조용했다. 모두 어딘가 나간 모양이었다. 민준은 하교하는 길에 착잡한 마음을 조금이라도 잠재우려고 주변을 열심히 둘러보며 학교의 위치와 방향, 가는 길 등을 숙지했다. 하지만 마음 한구석은 무겁기만 했다. 솟아 있던 자신감이 떨어지는 게 느껴졌다. 과연 만점을 받을 수 있을까. 국어를 극복하지 못한다면 모든 게 끝이었다. 임무는 시작도 해보지 못하고 실패하는 것이다. 분명 혹독한 교육과 훈련을 마쳤는데 이곳의 국어 시험은 너무 촉박하고 모호하고 이해가 되지 않았다. 아무리 문법과 어법 등에 대해 공부한다고 해도 문제 해결 비법을 모르면 제대로 된 정답을 맞히기 어려울 것 같았다.

민준은 촉박한 마음에 교복도 갈아입지 않고 책상에 앉아 오늘 푼 문제지를 꺼내 답을 맞춰봤다. 결과는 안 봐도 참담했다. 마지막 문제 5개는 아예 풀지도 못했으니 당연한 결과였다. 100점 만점에 80점을 아슬아슬하게 넘겼다. 다행인 것은 시간이 없어 대충 풀었던 뒷부분만 빼면 앞부분은 나름 봐줄 만하다는 점이다.

문제지를 손으로 꾸깃, 구겨 버리고는 벌떡 책상에서 일어섰다. 자리에서 일어난 민준은 그대로 옷장으로 향했다. 옷장 문을 여니 역시나 안에는 평범하고 재미없는 옷들만 있다.

　"흠."

　턱에 손을 괴고 고민해 보았으나 입고 싶다는 생각이 드는 옷은 없었다. 그중에서 그나마 괜찮은 옷 몇 벌을 꺼내서 몸에 걸쳐 보았다. 썩 마음에 드는 것은 아니었으나 불편한 교복을 입고 공부하는 것보다는 나을 것 같았다.

　쩝, 아쉽게 입맛을 다시며 옷장 문을 닫고 도로 책상에 앉으려는데 전신거울이 민준의 눈에 들어왔다. 요리조리 거울 앞에서 몸을 둘러보았다. 머리를 매만져보고 옷소매도 늘여 보았다. 그럼에도 민준의 얼굴은 만족스럽게 풀어지지 않았다. 옷이 너무 촌스러웠다. 게다가 누군가 자주 입었던 것처럼 낡았다.

　몇 번을 더 거울 앞에서 앞뒤로 왔다갔다 움직이던 민준은 결국 도로 옷장으로 달려가 그 안에 놓아두었던 가방을 뒤적였다. 거기엔 학생증과 지폐 몇 장이 든 지갑이 있었다. 지폐는 더 있지만, 나머지는 다른 곳에 숨겨두고 지갑에는 눈에 띄지 않을 액수만 넣어 두었다. 민준은 숨겨 놓은 지폐를 찾아 몇 장 더 지갑에 넣고는 옷장에서 적당한 외투를 꺼내 걸쳤다.

　집에 아무도 없기도 하고, 오늘은 공부를 많이 하기도 했고,

지금은 아무래도 쇼핑을 하러 나가야 할 것 같다. 천재적인 두뇌와 상황 판단력으로 보았을 때, 이곳 생활에 무탈하게 적응하기 위해서는 여기 사람들이 입어주는 옷을 몇 벌 정도는 가지고 있어야 할 것 같다고 판단했기 때문이다. 기분 전환을 하고 싶기 때문은 절대 아니다. 민준은 외투를 걸치고 거울을 보며 어느새 콧노래를 흥얼거리고 있었다.

민준은 버스를 타는 대신 걷기로 했다. 옷이 촌스러워 약간 창피했지만, 날 좋을 때 휴대폰으로 노래를 들으며 거리를 걷고 싶었다. 민준은 전날 폰에 다운받은 노래 몇 곡을 보다가, 막상 재생 버튼을 누르려고 보니 이어폰이 없다는 게 생각났다. 하는 수 없이 민준은 폰에 저장한 쇼핑 목록에 이어폰을 추가로 적은 다음 번화가로 향했다.

번화가에는 다양한 차림의 사람이 많았다. 민준은 지나가는 사람을 놓치지 않고 전부 눈으로 훑었다. 귀걸이와 목걸이 등 화려한 액세서리로 치장한 사람도 많았고, 심플하지만 재킷 등으로 멋있게 꾸며 입은 사람도 많았다. 한참 지나가는 사람들을 구경하던 민준은 어느 순간 벌떡 일어서서 앞에 있던 옷가게로 들어갔다. 옷가게 안에는 많은 옷이 진열되어 있었다.

"어서 오세요."

홀린 듯 눈을 빛내며 가게를 훑던 민준은 직원과 눈이 마주치자 아무렇지 않은 척 흠흠, 목을 가다듬고 매장 안을 천천히 구경했다.

민준의 발걸음은 또래들이 자주 입고 다니는 재킷과 후드집업 쪽으로 향했다. 최대한 기억을 더듬으며 지나다니던 사람들이 공통적으로 입고 있던 옷 몇 벌을 골랐다.

"입어 보시겠어요?"

"예?"

상의는 골라 담았는데 하의가 어울릴지 아닐지 알 수가 없어 고민하던 차에, 어느 순간 직원이 웃으며 뒤에 다가왔다.

"입어 보셔도 돼요."

"아, 살 건 아닌데……."

"안 사셔도 괜찮으니까 그냥 편하게 입어 보세요. 그 손에 들고 있는 겉옷이랑 같이 입어 보시면 되겠네요!"

당황한 민준의 표정과 상관없이 직원이 민준을 탈의실로 안내했다.

"어, 저기……."

민준은 탁, 하고 거의 밀리듯 들어온 탈의실 문이 닫히는 것을 보고 어리둥절한 눈으로 닫힌 문을 바라보았다. 잠시 그렇게 문을 바라보고 있었으나 문은 열릴 기미가 없었다. 한 손에 옷을 잔뜩 든 민준은 옷을 한 번 흘끔 바라보고는 허리 부근에서 손을 머뭇거렸다.

순간 민준의 표정이 딱딱하게 굳었다. 굳은 얼굴로 허리 부근에 가져다 댔던 손을 뒤집어 보자 그제야 빨갛게 배어나온 핏자국을 발견할 수 있었다. 민준은 다급하게 손을 내려 허리 부근을 틀어막았다.

민준은 그제서야 이상한 점을 떠올렸다. 보통 남쪽에 오고 나면 돈과 작전 장소를 전달해 주는 첫 번째 동지를 만나는 걸로 알고 있다. 그리고 두 번째, 작전 수행에 있어 꼭 필요한 무기와 그 외의 지원을 해주는 중간 동지를 만난다고 했다.

첫날 바닷가에서 첫 번째 동지를 만나 무사히 거주지에 정착할 수 있었다. 그러나 이상하게도 중간 동지에게서는 어떤 연락도 받지 못했다. 그를 만나야 치료를 받을 텐데. 방치해 둔 상처가 덧나고 있었다.

민준은 조심스럽게 입고 있던 상의를 들어올렸다. 그러자 맨살에 감긴 하얀 붕대가 눈에 들어왔다. 붕대에는 아침에 피가 새어 나올까 싶어 여러 겹 감아 놓았음에도 불구하고 살짝 피가 배어 나와 있었다. 큼큼, 냄새를 맡아 보니 어렴풋이 좋지 않은 냄새도 났다. 총탄이 스쳐 생긴 열상을 붕대로 막아 두고만 있었을 뿐 민준은 제대로 된 치료를 받지 못했다. 심지어 바닷물에 빠졌던 상처였으니 어찌 보면 덧나는 게 당연한 일이었다.

민준은 탈의실에 들고 들어왔던 바지를 입어보지 않고 도로 들고 나왔다. 그러고는 손에 들고 있던 겉옷 두 벌과 방금 입어보려던 하의 한 벌을 계산하고 나왔다. 금액이 꽤 나갔지만, 한동안은 괜찮을 것이었다.

상처가 신경 쓰였지만 그래도 마음에 드는 옷을 쇼핑하니 기분이 썩 괜찮아졌다. 가는 길에 잊지 않고 이어폰도 샀다.

민준은 쇼핑백을 한 아름 손에 들고 지하철로 향했다.

중간 동지

"일기를 사러 왔습니다."

민준의 거주지에서 지하철로 30분, 사람이 붐비지 않는 역의 외진 출구로 내렸다가 다시 지하도를 내려가서 또 5분, 지하도에서 빠져나와 골목을 총 9번을 꺾어 돌아야만 나오는, 그러니까 가는 방법이 겁나게 복잡하고 먼 문구점.

민준은 그곳에 들어가 지폐가 아닌 흰 종이를 내밀며 말했다. 이곳이 아닐 리는 없지만, 만약 이곳이 아니라면 카운터에 앉아 있는 할아버지는 지폐가 아닌 요상한 흰 종이를 내민 민준을 이상하게 바라볼 것이고, 맞다면 할아버지는 종이를 펴 암호로 적힌 메시지를 읽을 것이다.

민준의 메시지는 중간 동지와 만나고 싶다는 내용과 만날 장소를 적은 메시지였다. 간단하게 장소와 시간, 날짜를 적었다. 카운터에 앉아 있는 할아버지와 마찬가지로 다른 동지들에게 연락할 일이 생길 때마다 메시지를 전달하는 메신저는 지역 곳곳에 퍼져 있었다. 할아버지의 역할은 메시지를 전달해 주는 것, 그게 전부다.

할아버지는 얇은 은테 안경 너머로 흘긋 민준의 얼굴을 한번 바라보았다. 할아버지의 눈빛이 묘하게 빛났다. 그를 본 민준의 눈에는 불안한 빛이 스쳐지나갔다. 이런, 설마 잘못 찾아왔나? 잠시 뒤 종이를 펴본 할아버지가 뒤편을 손으로 가리켰다.

"공책 종류는 저쪽에 가져다 놨는데. 가서 찾아보슈."

"예, 감사합니다."

휴, 속으로 안도의 한숨을 내쉬고 민준은 할아버지에게서 돌아섰다. 문구점은 낡았고 물건마다 뽀얗게 먼지가 쌓여 있었다. 심지어 어느 시대에 가져다 놓은 것인지 알 수 없을 만큼 낡고 촌스러운 디자인의 물건도 많았다. 과연 이곳을 찾아오는 일반 손님이 있을까. 하긴 그걸 노린 거겠지. 민준은 할아버지가 가리킨 곳으로 향했다. 그곳엔 유치하고 철 지난 캐릭터가 그려진 초등학생용 공책과 일반 공책 몇 권이 놓여 있었다. 민준은 그중에서 그나마 고등학생이 고를 법한 공책을 한 권 골라잡았다.

민준이 집어든 것은 검은색의 양장본으로 된 다이어리였다.

그것을 카운터에 앉아 있는 할아버지에게 가져가자 할아버지가 안경 너머로 살짝 인상을 썼다.

"그건 좀 비싼 물건인데."

"그럼 다른 것을……"

그러나 할아버지는 잠깐 그렇게 말했을 뿐 딸랑, 하고 돈통에 꽂힌 열쇠를 돌려 잠금을 해제하더니 거친 손동작으로 만 원짜리를 한 장 꺼내 민준에게 내밀었다. 할아버지가 불쑥 들이민 초록색 지폐에 민준은 순간 뒤로 주춤 물러섰다.

"받어."

"예?"

"거스름돈이여!"

"아, 저……. 아, 예. 감사합니다."

민준은 손을 앞으로 어정쩡하게 뻗었다가 할아버지가 완강하게 팔을 쭉 뻗어 지폐를 내밀자 넙죽 받았다. 지폐를 챙기며 혹시 무슨 글이라도 적혀 있나 살펴보았지만 없었다. 그저 평범한 돈이다. 하지만 굳이 왜……. 의문의 눈으로 바라보기 무섭게 할아버지가 답을 주었다.

"병원비야. 피비린내가 진동을 하는구먼."

할아버지가 씨익 웃었다. 웃고 있는 할아버지의 눈과 마주치자 민준은 도망치듯 지폐를 들고 문구점 밖으로 빠져나왔다. 뒤를 돌아보았을 때 할아버지는 무슨 일이라도 있었냐는 듯 태평한 모습으로 낡고 작은 텔레비전을 보고 있었다.

·—·—·—

다시 한 시간 넘게 걸려 집에 돌아왔을 때는 어머니와 아버지가 집에 돌아와 있었다. 평범한 가정집처럼 아침에는 어딘가에 나간 어머니와 아버지는 저녁이면 집으로 돌아오는 모양이었다. 어머니는 민준에게 "잘 다녀왔니?" 하고 물었고 민준은 "네." 하고 대답한 뒤 방으로 들어왔다. 집안에서조차 굳이 이런 연극을 해야 하나 하고 생각했지만, 이곳에서 살아가기 위해서는 필요했다. 가족이나 친구의 역할이 필요한 상황은 생각 외로 자주 발생하고, 항상 제대로 해야 나중에도 탈이 없다. 평범한 고3 역할을 연기해야 할 민준에게 필요한 사람이 바로 이런 '어머니'와 '아버지'인 것이다.

어머니와 아버지는 오늘 만난 할아버지와 비슷한 역할을 하는 사람이다. 그들은 민준처럼 임무를 맡아 내려오는 게 아니다. 그들 나름대로 이곳에 오는 동지들을 돕는다는 임무를 가지고 있지만, 그들의 임무에는 끝이나 완수라는 것이 없다. 그들은 이곳에서 살면서 죽을 때까지 임무를 수행하기 위해 내려오는 동지들을 돕는다. 동지들에게 메시지를 전달하거나, 필요한 물품을 전달하거나, 필요한 역할을 해준다거나 하는 식이다.

그들은 어떤 때는 어부가 되기도 하고, 어떤 때는 누군가의 부모가 되기도 했다가, 어떤 때는 문구점 사장이 되기도 한다. 그들은 하나의 역할이 끝나면, 또 다른 역할을 맡아 이동한다. 이곳에서 살아가는 동안 다섯 번도 넘게 얼굴을 바꾼다는 이야기도 들었다. 자신조차 원래 신분을 잊은 채 살아간다고 했다.

민준의 집에 와 있는 아버지와 어머니도 그런 부류의 동지들이었다. 그들은 민준의 임무가 무엇인지 모르고, 민준이 누구인지도 알지 못한다. 그저 민준이 임무를 완수하고 다시 돌아갈 때까지, 혹은 아무도 모르게 죽어서 사라질 때까지 민준의 부모 역할을 할 뿐이었다. 그들이 아는 것이라고는 민준의 위장 신분에 관한 것들뿐이다. 임무에 대해서는 아무것도 모르기에 그들은 그 역할에 충실할 수 있는 것이다.

·—·—·—

"저 혹시 상비약 같은 게 있을까요?"

"상비약?"

"반창고나 붕대 같은 것들이요."

"잠시만 기다리렴."

다음 날 아침, 민준이 쭈뼛거리며 말을 붙여오자 아침 준비를 한창 하시던 어머니가 잠깐 당황하는가 싶더니, 요리하던 것을 그대로 내버려 두고서는 집안을 뒤지기 시작했다. 민준은 거실의 서랍장을 뒤적이는 어머니의 뒷모습을 보며 어색하게 방문 앞에 서 있었다. 뻘쭘하게 집 이곳저곳을 눈으로 훑으며 서성이고 있자니 앞에서 목소리가 들려왔다.

"식탁에 앉아 있지 그러니? 아침 준비 거의 다 했어."

"예."

고개를 들자 걱정스러운 미소를 짓고 있는 어머니와 눈이 마주쳤다. 그것도 그저 연기에 불과할 뿐이지만. 곧 어머니는 서랍에서 하얀색에 빨간 십자가가 그려져 있는 구급상자를 들고 나타났다. 그런 평범한 물건을 보니 새삼 이곳이 진짜 사람이 사는 집인 것처럼 느껴졌다. 한 손에 구급상자를 든 어머니는 식탁 의자에 앉은 민준에게 오더니 그 앞에 무릎을 세우고 앉았다. 당황한 민준은 서둘러 무릎을 뒤로 뺐다.

"아니, 제가 알아서 하겠습니다."

"어쩌다 다친 거니? 상처가 꽤 심한걸. 이걸로는 안 되겠어."

어머니는 민준의 만류에도 상의를 살짝 들어올려 조심스럽게 붕대를 풀어 보았다. 과연 민준이 아침에 확인하고 심각한 상태인 걸 느낀 것처럼, 어머니의 표정도 심각하게 변했다. 상처에서는 어제보다 더 고약한 냄새가 풍겨왔다.

"안 그래도 오늘 병원에 가보려고요."

"그거 듣던 중 반가운 소리구나. 이 정도 상처라면 진즉에 병원에 갔어야지."

상처에 소독약을 뿌리고 새로운 붕대를 감아 주는 것 말고는 해줄 수 있는 게 없었는지, 다시 상비약을 정리해 자리에서 일어서며 어머니가 말했다. 그 말이 묘하게 걱정하는 것처럼 들려왔다. 마치 진짜 어머니가 할 법한 말처럼. 어머니는 구급상자를 민준에게 건네고 다시 부엌으로 들어가셨다.

"그것 좀 다시 가져다 놔줄래? 더 필요한 것 있으면 꺼내가고. 두 번째 서랍 안에 넣어 놓으면 돼. 나는 아침 준비를 마저 해야 해서."

민준은 말없이 상자를 들어 거실로 향했다. 친어머니에게서도 들어보지 못한 친밀한 말에 묘한 기분이 들었다. 구급상자를 정리하고 부엌을 서성이던 민준이 머뭇거리다 요리하고 있는 어머니 뒤에 다가갔다.

"오늘 아침은 뭐예요?"

"고깃국 끓이고 햄을 좀 구웠는데 좋아할지 모르겠네."

민준의 질문에 어머니의 얼굴에 의외라는 표정이 살짝 들었다가 작은 미소와 함께 인자한 말이 돌아왔다. 아들이 좋아하는 음식을 모르겠다고 하는 어머니의 말과 그 친절한 표정이 이질적으로 다가왔다. 하지만 역시나 본래 어머니에게서도 보지 못했던 자상함이다. 민준은 낯이 간지러워져 오는 기분이 들어 볼을 긁적였다.

"어때, 좋아하는 반찬이니?"

"네, 좋아해요."

"그거 다행이구나. 또 좋아하는 반찬 있니?"

"아무거나 다 잘 먹습니다."

"그래도 좋아하는 음식을 알아두면 요리하기 편하니까."

"그럼, 두부 요리……."

민준은 고향 어머니가 해주었던 많지 않은 음식 중 하나를 떠올렸다. 조심스럽게 중얼거리자 곧 자상한 대답이 돌아왔다.

"두부? 그럼 내일은 두부부침을 해봐야겠네."

"감사합니다. 저, 그럼 옷 좀 마저 갈아입고 나오겠습니다."

민준은 붕대를 새로 감느라 들춰진 옷을 대강 추스르고 말했다. 옷을 여미자 상체에 희끗희끗 나 있는 흉터들이 가려졌다. 어머니는 민준의 말에 대답 없이 식탁에 음식을 옮겼다. 그 모습을 보다 민준은 방으로 향했다. 그때 민준의 등 뒤에 어머니의 말이 이어졌다.

"너무 무리하지 말렴. 큰 부담을 지기에는 아직 어린 나이잖아. 친구도 많이 사귀고 조금 더 재미있게 지내도 괜찮아. 나도 아들이 한 명 있어서 하는 이야기야."

"네……?"

한순간 감독의 컷, 소리가 나오고 여태까지 돌아가던 카메라가 멈춘 기분이 들었다. 민준이 당혹감을 숨기지 못한 얼굴로 뒤를 돌아보자 어머니가 훗, 하고 여유로운 웃음을 지었다.

"공부 얘기야. 고3은 힘들잖아?"

"아, 네. 그렇네요……."

"그래. 힘든 일 있으면 언제든 엄마한테 말해도 괜찮단다."

민준은 뒤로 들려오는 말에 애써 대답하지 않은 채 방문을 닫았다.

생각지 못한 위로를 받았다. 하지만 애초부터 이곳에서의 생활을 맘껏 즐길 생각이었다. 괜히 아무것도 모르는 동지에게 상처를 보인 게 실수였다. 동지는 민준의 임무를 모르니 도와줄 방법이 없어 답답하기도 하고, 때로는 목숨을 걸어야 하는 이 일을 하기엔 너무 어린 민준이 안쓰러웠을지도 모르겠다고 생각했다. 아들 생각이 났다는 건 진짜일지도 모른다.

어찌 되었든 민준은 오늘 꼭 의사를 찾아갈 생각이다. 동지에게 상처를 치료받을 곳을 안내받아야 했다. 민준은 스터디 그룹도 참석하지 않고 학교가 끝나자마자 국어 선생님을 피해 교문을 나섰다.

·—·—·—

문구점 할아버지에게는 중간 동지와 만날 장소를 물색해 메모를 전달하고 나왔으니, 메모에 적어 놓은 장소로 가면 중간 동지가 기다리고 있을 것이었다. 민준은 긴장 반, 설레는 마음 반으로 약속 장소로 향했다.

민준이 사는 곳은 학교와 가깝고 주변에 상가가 많은 번화한 동네지만, 조금만 벗어나도 곧 으슥한 숲과 그 너머의 조용한 동네가 나온다. 동네에는 대부분 나이가 지긋한 할아버지, 할머니가 모여 산다. 주민 수가 몇 되지 않아 이런 초저녁만 되어도 조용하다. 역시나 초저녁 즈음인데도 불구하고 벌써부터 동네는 조용히 노을 품에 잠들어갔다.

하굣길에 본 이곳의 풍경은 민준이 전에 살던, 리혁으로 살던 동네와 비슷해 보였다. 그곳도 번잡한 시내와 작은 동네가 묘한 대조를 이루고 있었다. 다른 점이라면 그곳의 작은 동네에는 노인뿐 아니라 젊은 청년과 아이도 살고 있다는 것이다. 이 시간쯤이면 음식을 해먹느라 집집의 굴뚝마다 맛있는 연기가 피어

오르고는 했다. 민준은 때때로 작은 마을에 몰래 놀러가서 동지들과 어울려 놀곤 했다.

그래서 민준도 메모를 적을 때 이 장소가 떠올랐다. 민준은 메모에 적은 장소로 가 담벼락 뒤에 숨어 풍경을 구경했다. 지금와서 보니 노을이 잠드는 모습이 아름다워서 더욱 마음에 들었다. 멍하니 노을을 바라보고 있자니 멀리서 오토바이 엔진 소리가 부르릉, 울려 퍼졌다. 민준은 긴장한 채 잠시 그 소리에 귀를 기울였다. 그러나 그저 지나가는 오토바이였는지 소리가 난 뒤로도 한동안 나타나지 않았다. 민준은 다시 잠자코 담벼락에 기대섰다.

"뭐야."

하지만 그 아름다운 저녁노을이 지고 하늘이 분홍빛과 파란빛으로 물들어갈 때까지 아무런 기척도 느껴지지 않았다.

'오지 않는 건가. 확실히 이곳이 맞는데.'

슬슬 추워지는 날씨에 그냥 돌아갈까 생각하며 민준은 상처 부위에 손을 가져다 댔다. 뜨끈뜨끈한 온기가 퍼져왔다. 오늘도 치료를 받지 못하면 이대로 세균에 감염되어 죽는 게 아닐까. 총상이 확실한 이 상처를 일반 병원 의사에게 보여줄 수는 없는 노릇이었다.

"휴······."

바스락…….

걱정을 한 아름 안고 한숨을 쉬고 있을 때 뒤쪽에서 갑자기 풀섶을 헤치는 소리가 났다. 민준의 몸이 긴장으로 딱딱하게 굳었다. 인기척을 느끼지 못했는데. 상대는 기척을 참 잘 숨기는 듯했다. 침을 한 번 꿀꺽, 삼킨 뒤 뒤를 돌아보았다.

그러나 그곳에 있는 것은 민준이 기다리던 사람이 아니었다. 긴장한 눈에 귀여운 강아지가 보였다. 시골 마을에 사는 아이인지 얼굴은 지저분하고 목줄은 투박했다. 강아지는 헤, 하고 웃는 얼굴로 혀를 내민 채 민준을 바라봤다. 민준은 그런 강아지를 서서 그저 빤히 바라보고 있었다. 그런데 녀석은 눈싸움이라도 하자는 것인지 저를 바라보고 있는 민준과 마찬가지로 가만히 서서 빤히 바라보고만 있었다.

"어이, 개. 저리로 가."

"……."

민준이 손을 휘휘 저었다. 그러나 강아지는 파리라도 쫓는 듯 내저은 손짓에도 꼼짝할 생각을 않았다.

"저리로 가라니까. 너랑 놀 시간은 없어."

"멍! 멍, 멍!"

"쉿, 쉿! 나 참……."

괜히 강아지에게 말을 걸었더니 이 자식이 또다시 민준을 흥

내 내기라도 하는 것인지 아니면 민준의 말에 대답이라도 하고 싶은 것인지 시끄럽게 짖어대기 시작했다. 민준은 당황해서 손사례를 치며 마구 주위를 둘러보았다. 조용한 동네에서 울려 퍼지는 강아지 소리는, 마치 긴박한 분위기 속에서 군중 속에 섞인 아이가 터뜨리는 울음소리처럼 당황스럽게 들려왔다. 아이라면 달래기라도 해보겠지만, 민준이 아무리 손을 내저어도 강아지는 짖기를 멈출 생각이 없어 보였다. 민준은 당황스러운 얼굴로 허둥대며 교복 주머니에서 아까 학교 매점에 들러 산 간식거리를 꺼냈다. 저녁에 집에 돌아가 먹으려던 간식거리를 이곳에서 허무하게 뺏길 줄은 몰랐다.

"자."

민준은 주머니에서 소시지 하나를 꺼내 뜯었다. 쪼그려 앉아 소시지를 내밀자 기다렸다는 듯 강아지가 다가와 짭짭대며 먹기 시작했다. 몇 초도 되지 않아 소시지는 흔적도 남지 않고 사라졌다. 그걸로도 모자랐는지 강아지가 코를 킁킁거리며 민준의 발치에 다가와 얼굴을 들이밀었다.

"이거, 이거. 눈치 좋은 녀석. 더는 안 돼. 이건 내 거야."

어떻게 알았는지 교복 주머니에 코를 박고 탐색을 하는 녀석의 머리를 민준이 살살 쓰다듬어 주었다. 녀석은 처음 보는 민준이 만지는 데도 아랑곳하지 않고 계속해서 곁을 맴돌며 냄새를 맡았다. 경계심이라고는 하나도 없는 녀석이었다.

"어라?"

그런 민준의 눈에 강아지 목줄에 끼워진 흰 종이가 눈에 들어왔다. 더러워진 강아지에 비해 하나도 더럽지 않은 깨끗하고 하얀 종이가 반듯하게 사각으로 접혀 끼워져 있었다. 순간 민준의 눈빛이 변했다. 민준은 서둘러 종이를 끄집어내 펴보았다. 민준의 뒷목을 타고 전율이 싸아, 흘렀다. 그곳에는 암어가 적혀 있었다.

거칠게 종이를 잡아챈 탓에 놀랐는지 강아지는 민준이 종이를 빼내자마자 골목길을 향해 냅다 달리기 시작했다. 주인에게 돌아가는 건가?

민준은 손에 들고 있던 종이 조각을 꾹 쥐고, 강아지를 따라 달리기 시작했다. 강아지는 이 동네가 익숙하다는 듯 오른쪽, 왼쪽 골고루 꺾어가며 골목을 달렸다. 평소 같으면 전력을 다해 달려가는 개를 쫓는 건 거의 불가능하겠지만, 강아지는 왠지 따라갈 만한 속도를 유지했다. 민준은 강아지를 따라 쓰레기 더미를 넘고, 작은 개울을 건너고 다리를 넘어갔다. 강아지는 동네 구석구석을 다 돌고 돌더니 결국 한 집으로 들어갔다.

"뭐야."

파란색 페인트칠이 다 벗겨진 철제 대문이 삐딱하게 달려 있는 낡은 집이었다. 민준은 조심스럽게 발걸음을 옮겨 마당 안으로 한 발을 들였다. 그러자 마당 안에 묶인 하얀 강아지와 반갑게 인사하며 뒹구는 강아지가 보였다.

눈앞의 집은 그저 평범하고 낡은 집에 불과해 보였다.

"후."

혹여 강아지가 메시지의 주인에게 돌아갈지도 모른다고 생각했는데 허탈했다. 민준은 집 마당을 나와 구석진 담벼락에 가기대어 섰다. 그러고는 주위를 둘러본 후 손에 꾹 쥐고 달렸던 메모를 다시 펴 보았다.

[희망의원 18시 이후]

주소 없이 그렇게만 적혀 있었지만 찾는 건 어렵지 않을 것이다. 혹여 같은 명칭의 병원이 여러 곳인 것은 아니겠지.

종이를 쥔 민준의 손에 힘이 들어갔다. 이렇게 달랑 의사가 있는 곳 주소만 보내오다니 점점 더 궁금증이 생겨왔다. 왜 중간 동지는 모습을 보이지 않을까. 이렇게까지 얼굴을 숨기는 이유가 무엇일까.

민준은 우악스럽게 종이를 꾸겨 으적으적 씹은 다음 꿀꺽, 삼켜 버렸다. 작은 크기의 종이는 별 어려움 없이 목구멍을 타고 들어갔다. 입속에 남은 작은 종이쪼가리 하나를 바닥에 탁, 뱉었다. 무슨 연유인지 모르겠으나 동지는 어지간히도 얼굴을 드러내고 싶지 않은 모양이었다. 그렇게 나오니 꼭 그 동지의 얼굴을 확인하고야 말겠다는 오기가 생겨 버렸다.

—·—·—

현재 시각 20시 45분.

동지가 주소도 없이 달랑 메모만 남긴 덕에 민준은 희망의원이라는 곳을 찾아 온 동네를 헤매고 다닐 수밖에 없었다. 그 결과 찾아낸 것은 세 곳이었다. 첫 번째 장소는 메모에 적힌 그대로 희망의원이라는 간판을 내건 곳이었다. 민준의 거주지에서는 지하철로 약 20분 거리. 걸어서 한 시간을 넘게 찾아 헤맸다. 하지만 꽝이었다. 동지는 18시 이후 방문하라고 했다. 그렇다면 언제나 18시 이후에는 일반 진료를 하지 않고 문을 닫는 병원일 것이다. 민준은 그렇게 해석했다. 하지만 첫 번째 방문한 병원은 저녁까지 운영해서 사람들로 바글바글했다.

두 번째 방문한 곳은 믿을 수 있는 병원이라고 크게 적혀 있는 글자 밑에 작게 희망의원이라고 적힌 병원이었다. 이곳은 거주지와 가까운 곳에 있었다. 파리가 날리기는 했어도 18시 이후 문을 닫는 곳은 아니었다. 혹시나, 하는 마음은 들었지만 민준은 감을 믿어보기로 했다.

마지막으로 도착한 이곳은 참 좋은 희망의원. 다행히도 여기는 평일이든 주말이든 한결같이 18시에 문을 닫는 병원이었다. 이곳저곳을 헤매고 겨우 도착했으나 18시가 지난 시간에 병원 문은 굳게 닫혀 있었다.

후, 하고 한숨을 쉬며 지친 민준은 문에 기대고 쪼그려 앉았다. 허리로 손을 올려보니 찬 기운에 오래 있었음에도 불구하고 허리춤은 아까보다 더 뜨거워져 있었다. 짜증스럽게 머리를 털며 민준은 팔 안에 머리를 가뒀다. 그러고 있은 지 벌써 30분째, 현재 시각은 20시 45분.

민준은 이를 바득바득 갈았다. 동지가 메모를 늦게 보내온 탓에, 그것도 이렇게나 애매한 메모를 전해온 탓에 몇 시간을 허비했는지 모르겠다. 아무래도 동지는 민준을 철저히 미워하는 동지임에 틀림없다. 혹시 북쪽에 있는 동안 원한이라도 품었던 동지일지도 몰랐다. 민준은 멍한 머릿속으로 고향에서 함께 지냈던 동지들의 얼굴을 떠올려 보았다. 원한을 품을 만한 얼굴이 너무 많이 떠올라 기억 더듬기를 관뒀다.

고개를 숙이자 꼬슬꼬슬 올라오는 향기에 결국, 민준은 다시 한번 상처에 손을 가져다댔다. 그러자 손바닥이 온통 축축해졌다. 진물이라도 나오는 것 같았다. 그 찝찝한 감각과 동지에 대한 짜증으로 인해 점점 분노가 쌓여갈 때쯤 복도에서 기척이 느껴졌다.

"이런, 이런. 연락은 받았는데 이렇게 바로 올 줄은 몰랐구먼. 하필 내가 화장실 간 사이 오다니. 오래 기다렸나?

"……."

"흠흠, 일단 들어오지."

복도 끝쪽에서 수염을 약하게 기른 남자가 태평하게 걸어왔다. 그는 민준의 분노로 일그러진 얼굴을 보더니 굳게 닫힌 의원 옆의 작은 철문을 열며 목을 가다듬었다. 문 안으로 들어섰던 남자는 고개를 쏙 내밀고 주위를 훑어보더니 들어오라고 손짓을 했다.

"그래, 어디가 아파서 오셨나. 준비를 좀 해야겠구먼. 근데 학생은 동지에게 미움이라도 받았나 보군그래!"

"예?"

"원래 그런 동지가 아닌데. 다친 동지가 있으면 친절하게 데려오는 친구거든. 근데 이번에는 달랑 '곧 손님이 올 것'이라는 메시지만 왔지 뭔가? 그래서 마냥 기다리다가 내가 잠시~ 화장실 간 사이 학생이 왔구먼!"

그는 이제껏 만난 동지와 다르게 말이 많은 동지였다.

"……도대체, 어떤 자입니까?"

민준은 이 동지라면 중간 동지의 정보를 조금이라도 얻을 수 있을까 싶어 눈을 빛내며 물었다.

"글쎄, 설명한다고 아나? 허허허! 그보다 살이 썩었구면, 썩었어! 조금만 기다려 보게!"

그러나 동지는 필요한 정보에 대한 말만은 아꼈다. 민준은 한숨을 쉬었다.

"후……."

쓸데없는 말이 많은 동지지만 그래도 대화를 나누는 게 나쁘지는 않았다. 상처도 치료할 수 있게 되었고 말이다. 동지는 저쪽으로 가더니 기계 손잡이를 잡고 열어 소독된 치료 도구들을 꺼냈다. 민준은 주위를 둘러보았다. 오래된 건물에 의자와 수술대는 낡아 곧 부서질 것 같았지만, 이런 곳과는 어울리지 않게 수술 도구들은 신식으로 보였다. 민준이 시설을 살피는 걸 본 동지가 덧붙였다.

"내가 수술 도구 관리는 아주 철저해서 말이야."

"그런 것 같습니다."

"학생은 말이 별로 없는 편이군그래."

"……."

민준은 굳이 대꾸하지 않았지만, 의사 동지는 그런 것은 신경도 쓰이지 않는지 계속해서 말을 이어갔다. 민준의 상처를 확인하며 호들갑을 떠는 것도 잊지 않았다.

"마취해야 할 것 같은데……. 오늘 일을 치르려는 것은 아니겠지?"

"예."

"그래. 혹시라도 오늘 일을 치를 생각이라면 관두는 게 좋아. 일 치르기 전에 학생이 먼저 죽을 거거든."

"그럴 일 없습니다. 이곳에 온 지 얼마 안 됐거든요."

"어라? 그럼 건너오는 날 입은 상처인가 보군. 건너온 지 나흘 정도 됐나?"

"그 정도 됐습니다."

"시작도 하기 전에 큰일을 치렀군그래!"

의사 동지는 그렇게 말하며 어떠한 예고도 없이 갑작스럽게 허리 부근에 주삿바늘을 꽂았다. 깜짝 놀란 민준의 허리 근육이 꿈틀했으나, 민준은 소리 하나 뱉지 않았다. 의사 동지가 꾸욱, 주사액을 밀어 넣고 천천히 바늘을 뽑아내자 또다시 민준의 허리 근육이 꿈틀하며 움직였다. 금세 허리에서부터 띵한 느낌이 피어오르기 시작했다.

"잘 참는구면."

마치 어린아이를 칭찬하는 것처럼 말하며 의사 동지의 얼굴에 흐뭇한 미소가 피어올랐다.

"마취약이 퍼질 때까지 기다려야 해. 자, 여기 약과 붕대. 돌아가서도 잘 관리해."

의사 동지가 약과 붕대 등을 한 아름 챙겨 내밀었다. 민준은 그것을 어디에 넣어 가져갈까 하다 메고 왔던 책가방을 열어 그 안에 잘 숨겨 넣었다. 그 모습을 의사 동지가 빤히 바라보았다.

"학교에 다니나 보군."

"교복을 입고 있지 않습니까."

"아, 그렇군! 그럼 약이 도는 동안 무슨 대화를 나눠볼까. 젊은 친구가 내려온 건 간만인데……."

의사 동지가 한쪽에 놓인 주사를 쓰레기통에 던지며 말했다. 동지의 얼굴에 흥미가 가득했다.

"그럼, 그 중간 동지에 대해서 더 이야기해 주시면 안 되겠습니까."

민준은 다시 한번 눈을 빛내며 물었다. 그러나 의사 동지는 민준의 물음에 고개를 절레절레 저었다.

"그건 안 되지, 안 돼. 왜 숨는지는 몰라도 믿을 만한 동지야. 그 동지가 정체를 숨기려 할 때는 그만한 이유가 있는 거야. 모르는 게 약이라는 말도 있지 않은가. 모르는 것이 학생에게 더 도움이 될 수도 있어."

동지의 목소리는 단호했다. 중간 동지의 정보에 대해 말해 줄 생각은 전혀 없어 보였다. 점점 마취가 도는 느낌에 민준은 의사 동지의 마음을 돌리는 건 포기하고 진료실 안을 둘러보았다.

"장사는 잘되십니까."

"그럼. 이러니 저러니 해도 저쪽에서보다는 풍족하지. 동지도 이제 알 것 아닌가."

의사 동지의 말에 순간 민준의 머릿속에 아침에 먹고 나왔던 어머니의 반찬이 떠올랐다. 흰쌀밥에 고깃국, 고기반찬들……. 확실히 먹고살기는 이곳이 더 나았다. 하지만 민준은 의사 동지의 말에 쌀쌀맞은 목소리로 답했다.

"그거, 위험한 발언 아닙니까?"

"하하, 확실히 그렇지. 하지만 어차피 나는 다시 그곳에 돌아갈 일이 없는 사람이라……. 그쪽에서도 나 같은 잔챙이한테까지는 신경 쓰지 않아."

"다시 돌아가고 싶지는 않으십니까."

민준의 물음에 의사 동지는 지금까지 본 것 중에 가장 침울한 얼굴이 잠시 드러났다. 하지만 곧 웃어 보였다.

"돌아간다 해도 그곳에 이미 내 가족은 남아 있지 않아."

"이곳에 얼마나 오래 계셨습니까."

"딱 학생 때였던 것 같군. 자, 이제 약이 돈 것 같으니 치료를 하겠네."

의사 동지는 치료용 도구를 집어 들더니 다시 진지한 얼굴로 상처를 들여다보기 시작했다. 환한 조명 아래로 고개를 숙인 의사 동지의 머리통이 눈에 선명히 들어왔다. 이미 흰 머리가 듬성듬성 난 중년 남자의 몸이었다. 의사 동지는 부지런히 손을 움직였지만, 마취약 효과 때문인지 민준에게는 아무 느낌도 들지 않았다. 상처를 치료해 주기 위해 열심히 움직이는 머리통을 빤히 바라보던 민준은 곧 동지에게서 시선을 돌려 버렸다.

A대학

중간 동지를 만나면 멱살을 잡고 흔들고 싶은 마음이 굴뚝같았지만, 의사 동지를 만나고 나니 화가 어느 정도 누그러들었다. 민준은 도서관 창가 자리에 앉아 점점 저녁 노을빛으로 물드는 앞 상가 건물을 보며 멍하니 턱을 괴었다.

오늘 아침은 어머니가 해주신 두부부침과 순두부찌개, 점심 급식에는 고기볶음이 나왔다. 모두 마음에 드는 식사였기에 밥알 한 톨 남기지 않고 게눈 감추듯 먹어치워 버렸다. 과연 이곳은 먹을 것이 풍족하다.

그때 퍽, 하는 소리와 함께 갑작스럽게 민준의 고개가 아래로 푹, 꺾였다. 풍경을 감상하며 내일은 등산을 가볼까 생각하고 있던 기분이 한순간 깨져 버렸다. 민준은 천천히 아름다운 풍경을 보던 시선을 거두고 고개를 들어 뒤를 돌아보았다. 민준은 한껏 찌푸린 얼굴로 뒤에 서 있는 용을 바라보았다. 그러나 방귀 뀐 놈이 성낸다고, 용의 표정도 만만치 않다.

"의리 없는 자식. 너 또 혼자 가더라? 너 때문에 나 혼자 남아서 청소했잖아!"

"내가 맡은 청소는 다 끝냈는데."

"야! 같이 남아서 도와주고 가면 어디 덧나냐?"

"응, 덧날 것 같다."

민준은 자신의 몸 상태를 진지하게 생각하다 혼자 고개를 두 번 끄덕였다.

"이게, 진짜."

이번에는 용을 정면으로 바라보고 있었기 때문에 용의 날아오는 주먹을 막아냈다.

"내가 도서관에 있는 책에서 봤는데 머리를 이런 식으로 많이 세게 때리면 뇌세포가 죽는대. 뇌세포 손상이 심한 사람은 치매에 걸릴 확률이……."

"이야, 이평온 너도 왔네! 이 의리 없는 자식."

"……."

민준이 용에게 아주 유용할 법한 정보에 대해서 읊어주고 있는데, 용은 그런 민준의 말을 잘라먹고는 괜히 옆에 앉아 있던 평온에게 고개를 돌려 무어라 하며 자기 자리로 돌아가 버렸다. 민준은 그런 용의 모습을 아니꼬운 눈으로 빤히 쳐다봤지만, 용이 저리 꺼져 버려 주변이 조용해지기만 한다면 별 상관없었다. 다시 턱을 괴고 창가로 눈을 돌렸다. 그러자 곧 국어 선생님이 헐레벌떡 도서관 문을 열고 들어섰다.

"이런. 미안, 미안. 늦었지? 교무 회의가 늦게 끝나는 바람에. 어디, 다 왔니? 아이고, 오늘은 어제 도망갔던 민준이랑 평온이도 왔네!"

선생님은 너스레를 떨며 책상을 쓱 훑었다. 선생님이 늦게 온 덕에 늦게 온 용이 운 좋게 혼나지 않고 넘어가게 되어 용은 평온을 보며 히죽히죽 웃고 있었다.

선생님 손에는 첫날 풀었던 모의고사 결과를 적은 종이가 들려 있었다. 민준은 착잡한 표정으로 고개를 푹, 숙였다. 민준은 과학탐구에서는 1문제, 영어에서 2문제를 틀렸고 수학은 다 맞았다. 모두 만점을 받을 수도 있었으나 민준이 적절히 조절하며 풀었기에 나타난 결과였다. 그러나 국어에서는…… 다섯 문제만 맞았다. 그것도 최선을 다해 풀었음에도 불구하고 마킹을 못해서 말이다. 국어 성적을 빼면 모두 민준의 계획대로였다.

선생님이 모두를 슥, 둘러보았다.

"저번에 풀어 본 모의고사 점수인데, 선생님이 점수를 보고 너희가 부족한 과목이나 취약한 문제 유형에 대해 분석해 본 거야."

"국어 다섯 개 맞은 애 것도 분석할 게 있었어요?"

민준은 조용히 고개를 들어 용을 흘겨보았다.

"용. 친구 성적을 공개적으로 말하면 안 되지!"

"에이, 그러는 쌤도 웃고 있잖아요!"

선생님은 용에게 핀잔을 주었지만, 용의 재치 있는 말이 웃기기는 했는지 웃음을 숨기지 못하고 입가에 드러내고 있었다.

용의 말에 민준의 시선이 빤히, 선생님에게 향했다. 그러자 선생님은 당황한 얼굴로 손사래를 쳤지만 여전히 얼굴에서 웃음을 감추지 못하고 있었다. 선생님이 상기된 목소리를 흠흠, 가다듬으며 괜히 교탁을 두드렸다.

"조용, 조용! 내가 지금부터 이름을 부를 테니까, 불러주는 대로 자리 옮겨 앉으렴."

옆에서 킥킥거리고 있는 용을 보며 민준은 이번에는 참지 않고 주먹을 들어 올려 그대로 꽁, 용의 머리에 먹였다. 그러나 용은 맞으면서도 좋다고 웃어댔다.

"조는 너무 많지 않게 두 개로 나눴어. 먼저 오른쪽에는 민준이랑 용이 그리고 지수. 나머지는 왼쪽으로 옮겨 앉자."

"선생님, 조 바꿔 주시면 안 돼요? 김민준이랑 같은 조 하기 싫은데, 그러면 제가 계속 얘 가르쳐야 하잖아요!"

용이 국어 선생님의 말이 끝나자마자 소란스럽게 목소리로 외치며, 한 손을 번쩍 들고 민준을 가리켰다. 그 모습에 민준의 눈에 가만히 살기가 어렸다.

"쉿."

그러나 용의 큰 목소리 때문에 어느새 다가온 사서 선생님이 입술에 검지손가락을 가져다 대고 주의 주는 바람에, 민준의 살기 어린 눈빛은 무시당했다. 국어 선생님은 죄송하다는 듯 사서 선생님에게 난처한 웃음을 지어 보였다. 그러고는 사서 선생님이 돌아가자마자 표정이 돌변하여 짐짓 화난 얼굴로 용을 바라보았다.

"안, 용!"

"푸훗."

국어 선생님이 한 자씩 용의 이름을 끊어 부르는 것을 듣고 그만 민준의 입에서 웃음이 새어 나왔다. 금방 흠, 하고 표정을 가다듬었지만 누구도 예상하지 못했던 순간에 풋, 하고 터져 나온 민준의 조그만 웃음소리에 바로 두 쌍의 눈동자가 도로록, 입을 가리고 있는 민준에게로 향했다.

"야……!"

용은 당장이라도 주먹을 날릴 것처럼 책상을 쾅, 하고 짚으며 자리를 박차고 일어섰고, 국어 선생님은 잔뜩 찌푸린 눈으로 시선을 돌리셨다. 그리고 그 소란 덕에 다시 한번 사서 선생님은 스터디 그룹으로 오셔서 주의를 주고 가야만 했다.

"한 번 더 소란스럽게 하시면 장소 못 빌려 드려요!"

사서 선생님이 앙칼지게 말하고 돌아간 뒤, 국어 선생님은 활동실의 문을 꾹 눌러 닫고 그룹별로 나눠 앉은 아이들을 보며 아까보다 더 엄한 얼굴과 목소리로 흠흠, 목을 가다듬었다.

"자, 이제 그룹을 나눈 기준에 대해 알려 줄게. 먼저 민준이, 용이, 지수가 있는 그룹은 국어랑 수학 과목을 잘하고, 평온이, 아리가 있는 그룹은 영어랑 과학을 잘하는 그룹이야. 민준이가 수학을 굉장히 잘하더라고. 지수와 용이는 수학 성적이 조금 낮은 편이라서 민준이랑 같은 그룹에……."

"선생님, 잠깐만요. 그니까 선생님 말씀은 쟤가 저를 가르친다고요?"

"그리고 평온이는 영어가 조금 부족하고, 탐구 영역이랑 한국사를 잘하는데 아리는 국어, 영어, 수학 과목은 문제가 없는데 탐구 영역이 미흡한 것 같아서 조를 이런 식으로 구성해 봤어."

국어 선생님은 이제 용의 말을 무시하기로 했는지, 또 딴죽을 걸어오는 용의 말을 무시하고 설명을 계속했다.

"혹시 조 편성이 마음에 안 드는 학생 있니?"

"저요, 선생님."

"응, 용이 말고. 또 없을까?"

"……."

용은 번쩍 손을 들어 올렸다가 선생님의 무시에 쳇, 하고 도로 손을 내리고는 괜히 가만히 앉아 있는 민준을 한 번 흘긋 보다가 고개를 팩, 돌려 버렸다. 그런 용을 어쩔 줄 몰라 하는 표정으로 민준과 같은 조가 된 여자아이인 지수가 바라보고 있었다.

민준의 눈에는 그 모습이 마치 어린 시절 동지와 함께 동네를 누비며 놀고 있을 때면 어디선가 먹을 것을 손에 들고 와 주변을 서성이던 수향이의 표정과 닮아 있었다. 민준은 어렸을 적 생각이 나 피식, 웃음이 흘렸다. 저 여자아이, 아무래도 용을 좋아하는 것 같아 보였다.

민준이 지수라는 아이의 표정을 살피고 있을 때, 갑자기 건너편 앞쪽에 앉은 아리가 번쩍 손을 들었다. 민준의 얼굴에 금방 물음표가 떠올랐다. 손을 번쩍 들고 있으면서도 아리의 시선이 선생님이 아닌 민준에게로 향하고 있었다. 진지한 얼굴로 민준을 빤히 바라보며 아리가 입을 열었다.

"선생님, 저는 저쪽 조로 가고 싶은데요."

"어, 그러니? 혹시 지수랑 같은 조 하려고?."

"저도 쟤한테 수학 배우고 싶어서요."

"민준이한테? 하지만 아리는 민준이만큼 수학을 잘하잖아. 그래서 선생님이 일부러 너희 둘을 다른 조로 떨어뜨려 놓은 거야."

"하지만 저 이번 모의고사 한 문제는 그냥 찍어서 맞춘 거였단 말이에요. 탐구는 그냥 외우면 되는 과목이고, 저도 웬만하면 잘하는 애한테 배우고 싶어요."

"음……."

아리의 말에 국어 선생님은 뭐라 말해야 할지 모르겠다는 듯 난감한 얼굴로 말을 잇지 못했다. 그리고 아리와 같은 조인 평온은 기분이 나쁜 표정으로 뚱하니 턱을 괴고 있었다. 국어 선생님은 둘을 난감한 눈빛으로 번갈아 보았다.

"야, 신아리."

용이 가라앉은 목소리로 아리를 불렀다. 용이 찡그린 얼굴로 금방이라도 버럭 소리를 지를 것처럼 자세를 잡았다.

"네가 찍었다는 거, 혹시 25번 문제 아니야?"

그때 민준이 용을 가로막고 아리에게 말을 걸었다. 아리는 민준의 말에 눈을 살짝 크게 뜨고는 작게 고개를 끄덕였다. 민준은 사람이 좋아 보이는 미소이기를 기대하며 아리를 보고 씩, 웃어 보였다.

"그럴 것 같았어. 그 문제 어려웠거든. 나도 25번은 사실 그냥 감으로 맞힌 거야."

"아."

"그래, 아리야. 너는 수학은 웬만하면 전부 100점이었지? 평온이는 탐구 영역은 항상 1등급이거든. 도움이 될 거야. 그리고 민준이랑 아리가 서로 모르는 문제에 대해 이야기하고 조원들도 수학에서 모르는 문제 있으면 아리나 민준이에게 물어보기로 하자. 이렇게 하면 다들 이제 불만 없지?"

"네……."

국어 선생님의 물음에 아리는 작게 대답했고, 씩씩댈 준비를 하던 용은 사르르 가라앉을 수밖에 없었다.

·—·—·—

"야, 이 멍청아."

"뭐라고?"

"아, 정말 답답해서 못 알려 주겠네. 너 책만 많이 읽으면 뭐 하냐!"

용이 민준의 책상 옆에 쌓인 책들을 가리키며 외쳤다. 갑작스러운 공격에 민준은 슬쩍 책들을 팔로 끌어 감췄다가 순간 내가 왜, 하며 울컥하는 마음이 치밀어 올랐다.

"네가 잘못 가르치는 게 문제 아냐?"

민준은 끌어안은 책들을 당당히 놓고 의자에 등을 쭉 기대고 앉아 있는 용의 멱살을 잡았다. 그러나 용도 지지 않았다. 민준이 멱살을 움켜쥠과 동시에 눈썹을 찡그린 용은 마찬가지로 자리에서 벌떡 일어서며 민준의 멱살을 붙잡았다. 둘 사이에 강렬한 스파크가 튀었다. 언제 터질지 모르는 일촉즉발의 폭탄처럼 둘의 얼굴이 타올랐다. 그리고 그때 단호하고 낮은 목소리가 날아와 둘을 막아 세웠다.

"너희 조용히 해."

민준과 용은 동시에 소리가 난 쪽을 휙, 고개를 돌려 바라보았다. 그러자 그곳에는 열심히 공부를 하는 지수, 평온, 아리. 셋이 보였다. 평온과 아리는 머리를 맞대고 열심히 과학 암기를 쉽게 하는 법을 연구하고 있었고, 어느새 민준과 용 틈에서 빠져나온 지수는 수학 문제를 열심히 풀고 있었다.

"그래, 너희 좀 조용히 해라. 몇 번째야?"

아리의 말에 옆에 있던 평온조차 한마디 거들었다. 그제야 민준은 용의 멱살을 스르륵 놓고, 용도 민준의 손목을 잡았던 손에서 힘을 뺐다. 서로의 눈치를 보던 민준과 용은 쩝, 입맛을 다시고는 자리에 털썩 앉았다.

그러나 책 앞으로 돌아온 민준의 얼굴은 풀어질 줄을 몰랐다. 민준은 자신 앞에 놓인 국어 문제지를 바라보며 연필을 꾹 쥐었다. 연필을 쥔 민준의 주먹이 부들부들 떨렸다. 설명을 들어도, 몇 번을 읽어도 도저히 모르겠다. 문학의 세계는 어려웠다. 도대체 저 소녀가 보라색을 좋아하는 데에 무슨 의미가 있다는 것인지, 시에 나오는 나비가 가여워 보이지도 않는데 왜 가엾다고 하는지 알 수 없었다. 민준은 두 손으로 머리를 감싸 쥐었다.

"도대체 뭐 때문에 그러는데? 우리도 좀 보자."

"그래, 진짜 김민준이 멍청한 건지, 안 용이 못 가르치는 건지 어디 한번 보자."

어느새 친해진 것인지 셋이 우르르, 절망하고 있는 민준 곁으로 모여들었다. 수학 문제를 풀던 지수도 연필을 내려놓고 민준 쪽으로 몸을 기울여 국어 문제를 들여다봤다.

민준은 한껏 억울한 마음으로 그들이 문제지를 잘 들여다볼 수 있게끔 몸을 살짝 뒤로 물렀다. 이 문제에는 정해진 정답이 없다. 그게 민준의 생각이었다. 민준의 억울함에 공감해 줄 사람이 생길 것을 기대하며 민준은 당당하게 그들이 문제를 훑는 것을 보고 있었다.

"뭐야?"

"설마 이 문제가 이해 안 된다고 그러는 거야, 지금……?"

그러나 그들에게서 나온 반응은 민준의 기대와는 사뭇 달랐다. 문제를 보고 자기 억울함에 공감해 줄 것이라 기대했는데, 그들은 잠시 문제를 살피더니 지금은 민준을 어이없는 눈으로 돌아봤다. 셋의 반응에 용의 목소리가 커졌다. 용이 답답하다는 듯 가슴을 치기 시작했다.

"거봐, 내가 못 가르친 게 아니라니까! 아, 답답해!"

"……."

지수와 아리는 용의 당당한 외침에 아무 말 없이 민준을 바보 보는 듯한 눈으로 빤히 바라봤다.

"와, 김민준. 수준이 심각했네."

평온이 옆에서 웃음을 터뜨리며 놀려댔다. 바보 보듯 하는 저 둘보다 차라리 평온처럼 대놓고 비웃는 게 나은 것 같았다.

하지만 이해가 가지 않는 것은 여전하다. 용이 아무리 저 소녀가 보라색을 좋아하는 것은 죽음의 복선이라고 해도, 시를 읽고 떠오르는 느낌을 골라 보라고 해도 모두 정답에서 빗나갔다. 그냥 외우려 해도 무수히 많은 지문 중 어느 문제가 나올지 모르는 상황에서 모든 문학 지문을 외울 수는 없는 노릇이다. 민준은 지금 미궁 한가운데에 갇힌 것 같은 기분이다.

민준에게 보라색을 좋아하는 소녀는 도시에서 온 우아한 여인 같은 분위기를 풍겼고, 바다 위를 건너는 나비는 아름다워 보였다. 작가의 의도가 뭐가 됐든 민준은 그렇게 느꼈고, 그렇게 느끼는 건 답이 아니었다. 생전 보지도 못한 작가의 생각과 의도를 민준이 도대체 어떻게 알 수 있나 싶었다.

"어? 잠깐, 그러고 보니까 얘 문학만 틀렸다."

"그러게……. 나는 문법이 제일 어려운데."

"난 비문학."

지수와 아리가 번갈아 한마디씩 했고, 평온은 옆에서 또 뭐라고 하려는지 민준의 문제지를 빤히 쳐다보고 섰다. 아이들의 웅성거림에 민준은 뒤로 쭉 물렀던 몸을 앞으로 다시 불러 들여와서 슬쩍 팔로 문제지를 가렸다. 하지만 이미 늦었다.

평온이 자신의 턱에 엄지와 검지를 브이 모양으로 가져다 대더니 심각하게 말했다.

"김민준, 사이코패스 아니야?"

"뭐?"

민준이 어이없는 눈으로 평온을 바라보았지만 이미 그 말에 살짝 놀란 지수와 아리도 고개를 아래위로 천천히 끄덕이며 웃었다.

"사이코패스래! 하하하. 맞는 말이네. 감정 메마른 사이코패스를 어떻게 가르치냐!"

평온의 말을 가만히 듣고 있던 용은 배를 잡고 폭소했다. 민준은 졸지에 전학 온 지 며칠 만에 '이상한 놈'에서 '사이코패스'까지 되어 버렸다.

"야! 안, 용……!"

계속해서 이어지는 용의 웃음소리에 민준이 부들부들 떨고 있다가 문제지를 구기며 자리에서 일어섰다. 그 순간 활동실의 문을 열고 국어 선생님이 들어오셨다.

"너희들, 왜 이렇게 소란스러워? 공부는 하고 있는 거야?"

"아, 그게 선생님. 민준이 감정이 메말랐나 봐요. 문학을 이해 못 해서 저희가 가르쳐 주고 있었어요!"

"야!"

깐족대며 말하는 용에게 민준이 이를 바득바득 갈았지만, 선생님은 손을 휘휘 저었다.

"자, 조용. 조용! 알겠으니까. 자리에 가 앉아. 공지할 게 있어서 왔으니까."

"이……!"

"야, 조용, 조용. 앉으라고 하시잖아."

민준은 분노한 얼굴로 주먹을 꾹 쥐었으나 결국 분노를 삭이지 못한 채 도로 자리에 앉을 수밖에 없었고, 용은 그런 민준을 보며 배를 잡고 소리를 죽인 채 기쁨에 몸부림을 쳤다.

"자, 집중!"

국어 선생님이 회색빛의 종이를 팔랑였다. 종이가 손길에 흔들릴 때마다 짙은 향이 퍼져왔다. 민준은 일단 선생님이 나누어 주시는 것을 받아들고 습, 하고 숨을 깊게 들이마셨다. 그러자 특유의 종이 냄새가 마음에 안정을 가져다 주었다. 민준은 한참을 종이에 코를 박고 있느라 정작 종이에 적힌 내용은 한 글자도 보지 못하고 있었다.

"다음 동아리 활동 때는 현장학습을 가려고 하는데, 우리는 스터디 동아리니까 대학교 견학을 가면 좋을 것 같아. 일단 후보가 있는데 한 군데는 A대학교이고, 다른 곳은 B대학교인데 너희는 어디로……."

덜컹, 하고 민준의 의자가 작게 움직였다. 그러나 사소한 움직임은 아이들의 말소리에 묻혀 들리지 않았다. 민준은 움직였던 의자를 다시 바로 앞으로 끌어당겨 앉았다. 아무렇지 않은 척했으나 민준의 심장은 아래로 가라앉았다가 쿵, 쿵, 쿵 하고 방망이질쳤다.

그 뒤로 선생님이 무슨 말을 더했지만 민준의 귀에는 더 이상 들리지 않았다. 국어 선생님의 입에서 "A대학교"라는 말이 나온 순간부터 심장이 미친 듯이 뛰었다. 민준은 A대학교에서 만나야 할 사람이 있다. 이렇게 빠르게 그리고 이만큼이나 자연스럽게 그곳을 방문할 기회가 생길 줄은 몰랐다.

아무래도 하늘이 민준을 돕고 있다고밖에 할 수 없을 것 같았다. 기회는 다가올 때 잡아야 한다. 당연히 물어볼 것도 없이 A대학교를 견학지로 골라야 한다. 문제는…….

"당연히 B대학이지! 이평온, 너 어디 고를 거야?"

"나는 아무 곳이나 상관없는데."

민준만 그렇게 생각하고 있다는 것이었다.

"그럼 B대학 골라."

"그러니까 왠지 고르기 싫어진다."

"그럼 일단 용이는 B학교라는 거지?"

국어 선생님은 용의 외침에 칠판에 커다랗게 'A'자와 'B'자를 적더니 B자 옆에 '-' 모양을 하나 그었다. 이렇게 되면 이제 네 표가 남았다.

"네! 야, 너는?"

용이 옆에 앉은 지수를 팔꿈치로 툭 치며 물었다.

"아, 저도 그럼……."

그러자 지수의 얼굴이 살짝 붉어지더니 손을 살며시 들어올렸다. 국어 선생님은 한 획을 더 B자 밑에 그었다. 이제는 세 표밖에 남지 않았다. 세 표를 모두 받아야만 A대학교를 견학지로 고를 수 있다. 초조하게 칠판을 바라보고 있던 민준은 저도 모르게 용의 뒤통수를 한 대 갈겨버렸다.

"아! 뭐야, 갑자기. 선생님! 봤어요?"

용이 도끼눈을 뜨며 한 손으로 자신의 뒤통수를 쓸어내렸다. 용의 부름에 선생님이 살짝 놀란 눈으로 민준 쪽을 바라봤으나 별것도 아닌 일에 신경을 쓸 틈이 없는 민준은 칠판에 시선을 고정한 채 당차게 손을 들어 올렸다.

"저는 A대학교요."

"음…… 그래. 아리랑 평온이는?"

"아니, 근데 진짜 머리는 왜 때린 거야?"

용의 중얼거림은 민준과 선생님 모두 무시했고, 평온만이 깔깔거리며 용을 보고 웃어댔다. 평온이 손을 번쩍 들어올렸다.

"그럼 저도 A대학이요!"

평온이 웃는 얼굴로 민준에게 찡긋, 윙크를 해보였다. 덕분에 민준의 얼굴에 희망이 보이기 시작했다. 민준은 간절한 눈으로 정성껏 아리를 바라보았다. 아리는 예의 그 무표정하고 도도한 얼굴로 민준을 마주 봤다. 평온은 앞에 앉은 용과 민준을 번갈아 바라보며 아직까지 낄낄대고 웃고 있었다. 이제 딱 한 표만 더 있으면 되었다. 민준의 간절한 시선이 아리의 입술로 향했다.

"저는, 어, ㅂ……."

"자, 잠깐……!"

아리의 목소리에 민준이 책상을 박차고 일어서며 손을 번쩍 들어올리고 말았다. 그러자 순간적으로 입을 열려고 했던 아리와, 'B'자 밑에 획을 그으려던 국어 선생님 모두 멈추고 민준을 바라보았다. 그 덕분에 잠깐 공간 안에 침묵이 돌았다.

"그…… 있잖아. 내가 수학 가르쳐 줄게."

"너도 저번에 그 문제 감으로 맞혔던 거라며."

당연히 거짓말이었다. 그 말을 그렇게 믿을 줄은 몰랐다.

"아……."

할 말을 찾지 못해 그저 간절한 눈빛을 계속해서 아리에게 쐈다. 그러자 냉철한 얼굴로 가만히 있던 아리가 작게 한숨을 내쉬었다.

"왜 B대학교에 가고 싶은데? 네가 지망하는 대학이야?"

"응."

민준의 물음에 아리는 고개를 두어 번 끄덕였다.

아리의 감정 없는 눈이 민준을 바라봤다. 민준은 다시 필사적으로 머리를 굴리기 시작했다. 이곳으로 오기 위해 상위 1%의 성적을 유지하고 남쪽 말을 마스터한 천재적인 두뇌를 풀가동시켰다. 그러나 도저히 무슨 말로 아리의 마음을 돌릴지는 알 수 없었다. 그 사이에도 아리의 무미건조한 눈은 민준을 빤히 바라보고 있었다. 그 눈이 이제는 민준을 벗어나 다시 국어 선생님에게로 향하려 할 때, 민준은 다시 한번 아리에게 말했다.

"자, 잠깐만. 사실 내가 그…… 연예인을 좋아해."

민준이 좌우로 눈을 굴리다 아리의 오른쪽 손에 쥐어진 볼펜을 가리켰다. 아리의 볼펜에는 남자 아이돌 사진과 함께 대학 홍보 문구가 프린트되어 있었다. 볼펜을 가리킨 민준의 손가락이 허공에서 부들부들 떨렸다.

"어……? 그, 그래서?"

아리는 이상한 사람 보는 눈으로 자신의 볼펜을 손에서 내려놓았다.

"그, 그 가수가 A대학교 출신이야."

"아, 그랬어……?"

A대학에 대한 정보를 있는 대로 머릿속에 넣은 것이 이럴 때 도움이 되다니.

"내가 그 가수를 진짜, 진짜, 좋아하거든?"

"……."

아리의 표정이 점점 이상해졌다. 그러나 상관없었다. 이미 말은 입을 떠난 뒤였다. 도로 주워 담을 수도 없었다. 마음속으로 심호흡한 민준은 두 눈을 질끈 감았다.

"그래서 나 그 대학교에 꼭 견학 가고 싶어."

"그러니까, 네가 A대에 가고 싶은 이유가……"

아리가 이상한 표정으로 자기 앞에 놓인 볼펜을 흘끗, 바라보았다.

"이 가수 때문에?"

"뭐, 말하자면 그런 거지."

민준은 거기까지 말하고 당당한 얼굴로 아리를 바라보았다. 계속 거짓을 지어내다 보니 이제는 말이 술술 알아서 튀어나왔다. 정말로 마음속에 저 가수를 좋아하는 감정이 생기는 것 같았다. 그 자연스러움에 스스로조차도 조금 뿌듯할 정도였다. 아리 역시 민준의 말을 한 치의 의심도 없이 믿고 있는 눈빛이었다. 조금 한심하다는 듯이 민준을 바라보는 눈이 그랬다.

아리가 민준에게서 휙, 고개를 돌려 버리고 새침한 목소리를 뱉었다.

"A대학 갈게요."

"어, 그래도 괜찮겠어?"

"네, 저 B대학교는 한 번 가봤어요. 그리고 저렇게 가고 싶다는데…… 후."

아리의 말끝에 웃음소리가 섞여 들려온 것은 착각일까?

"크흠, 알겠어. 그러면 장소는 A학교로 알고 있을게. 그럼 오늘은 이만 마치자."

돌아서는 국어 선생님의 얼굴에 웃음기가 서려 있는 것을 본 것만 같은 것 또한 아마 착각일 것이다.

"푸핫, 야! 김민준, 그렇게 안 봤는데, 너."

"이거, 저번에 받은 파일이야. 너 가져라, 쿳!"

A대학 로고와 그 가수의 얼굴이 대문짝만 하게 인쇄된 파일철을 슥, 내밀며 웃고 있는 평온과 안 용이었다.

민준은 자리에서 벌떡 일어나 앞에 들이민 파일을 바라보았다. 그러자 두 사람은 왜 그러냐는 듯 말똥한 눈으로 민준을 올려다보며 아무것도 모르겠다는 얼굴로 과장스럽게 어깨를 으쓱였다.

"야……, 너희들……."

"이것도 너 가져."

아리가 탁, 책상 위에 볼펜을 올려놓으며 말했다. 민준은 점점 주먹에 힘이 들어가는 것을 느꼈다. 민준은 그들이 눈으로 쫓지 못할 정도로 빠르게 주먹을 휙, 앞으로 뻗었다.

"고맙다."

그러고는 평온의 손에 들린 파일을 낚아채듯이 빼앗아 가방에 욱여넣었다. 물론 아리가 책상에 올려준 볼펜도.

"야, 김민준. 더 좋아해야지! 그렇게나~ 오고 싶어 했잖아."

A대학교에 도착한 차에서 내리는 민준을 보며 용을 오늘도 여지없이 깐족댔다. 민준은 땅에 발을 디디며 용을 보고 무뚝뚝하게 한 마디 해주었다.

"좋다."

"하나도 안 기뻐 보이는데?"

평온이 옆에서 민준의 얼굴을 들여다보며 말했다. 민준은 이번에는 슥, 평온을 돌아봤다.

"긴장해서 그래."

민준의 말 한마디에 용과 평온은 또 자지러지듯이 웃어 젖혔다. 민준은 그런 둘을 무시하고 행렬에 합류했다.

그러나 민준의 말이 그저 변명에 불과한 것은 아니었다. A대학에 발을 들이고 난 후로 살짝 긴장이 된 건 정말이었다. 무표정한 얼굴과 다르게, 너무나 자연스러운 잠입 성공에 속에서는 심장이 요란스럽게 두근대고 있었다. 다른 두 동아리와 함께 견학을 오게 된 것도 잘된 일이었다. 웅성대는 인파 속으로 쉽게 숨어들 수 있으니까.

행렬은 주로 캠퍼스 외부를 걸었다. 민준은 눈에 띄지 않기 위해 노력하며 잠자코 행렬 뒤에서 전경을 감상하는 척했다. 넓은 잔디밭이 펼쳐진 캠퍼스와 중앙에 자리 잡은 큰 호수. 이런 세세한 사항들은 지도로는 확인할 수 없었다. 민준은 호수 주변의 나무가 몇 그루인지, 호수가 얼마나 깊은지, 건물과 건물 사이의 거리는 어느 정도인지, 건물 외벽을 타고 기어 올라갈 수 있는지 등 아주 사소한 정보까지 파악하려 애썼다.

"여기는 중앙동이래. 이 건물은 들어가도 되겠다."

선생님이 말하는 정보도 빼놓지 않고 일단 머릿속에 입력했다. 중앙동은 뒤편에 있는 건물과 4층 통로를 사이에 두고 연결되어 있었다. 건물 내부 구조는 필히 익혀 놓을 필요가 있었다. 민준은 건물 내부도 빠르게 스캔했다. 1층, 2층, 3층……. 천천히 행렬을 따라 편의시설, 도서관, 독서실을 살폈다. 그리고 4층 대형 세미나실을 눈으로 훑고 있을 때 앞쪽에서 대학생의 대화 소리가 들렸다. 민준은 순간 다시 심장이 요동치는 것을 진정시키기 위해 노력해야 했다.

"야, 저 교수 진짜 탈출해서 온 거래. 무슨 바다 건너는 배 타고 왔다던데."

"오, 진짜?"

민준은 흥분이 티가 나지 않기를 바라며 천천히 행렬의 끝에서 앞으로 이동했다. 행렬의 중간쯤 도달해서 민준은 걸음을 멈췄다. 이 정도로 충분했다. 이곳에서도 충분히 앞의 상황이 눈에 들어왔다. 민준은 선생님의 뒷모습에 시선을 두고 적당한 시선으로 대학생들이 말한 교수를 살폈다.

"와, 옆에 경호원 봐."

교수 옆에는 경호원 둘이 딱 붙어 지키고 있었다. 민준은 침을 꿀꺽, 삼켰다.

김창석 교수. 민준의 고향을 이탈하고 이곳으로 도주한 인물. 하지만 그것은 위장일 뿐 민준이 앞으로 수능 만점을 받기 위해 도와줄 거라고 전달받았다. 하지만 경호원이라니. 그것도 학생들만이 가득한 이곳에서 주변 경비를 소홀히 하지 않은 채였다.

교수는 학생들의 인사를 받으며 세미나실에서 나왔다. 행렬 앞의 선생님과 교수가 살짝 고개를 숙여 인사를 하는 모습이 보였다. 민준은 서둘러 그에게서 시선을 돌렸다.

"자, 이제 내려가자."

방금 막 수업이 끝난 세미나실에서 학생들이 빠져나오자 선생님은 행렬을 뒤로 돌렸다. 민준은 선생님의 지시에 따라 빠르게 뒤로 돌았다.

무언가 찝찝한 기분이 민준의 머릿속을 어지럽혔다. 북쪽에서 들은 상관의 마지막 말이 귓가를 맴돌았다.

"임무를 수행하며 알게 된 배신자는 모두 처단하라."

·—·—·—

이번에는 지하철역 앞의 아저씨였다. 견학을 마치고 집으로 돌아가는 길 지하철역 앞에서 보통 때와는 다른 모습이 눈에 들어왔다. 늘 역 앞에 앉아 있는 아저씨의 깡통 안에 들어있는 기묘한 흰색 종이. 전에 강아지 목에 꽂혀 있던 것과 같은 것이다. 민준은 교복 안주머니에서 꺼낸 지폐 한 장과 함께 아저씨의 깡통에 손을 내밀어 그곳에 놓인 메모를 챙겨 들었다.

"뭡니까, 이게."

"내가 어찌 알어? 어여, 가."

아저씨는 깡통에 넣은 지폐를 잽싸게 집어 들고는 귀찮다는 듯 손을 휘휘 저었다. 그럴 때마다 아저씨에게서 불어오는 바람에 맡고 싶지 않은 악취가 실려 왔다. 민준은 꼭 그것 때문만은 아니지만, 인상을 쓰며 잠시 아저씨를 바라봤다. 그러나 곧 저 밑 계단에서 지하철에서 내린 사람들이 몰려 올라오는 바람에 등을 돌리고 아무 일도 없었다는 듯이 다시 길을 걸어갔다.

민준은 주머니 속에 넣은 손과 함께 메모를 구겼다. 왜인지 모르겠으나 중간 동지는 어지간히도 민준을 만나기 싫어하는 것 같았다. 중간 동지가 이렇게 나오지만 않았어도, 민준은 필요한 물자를 지원받았을 테고, 어쩌면 오늘 저 대학 교수 연구실에 도청기라도 하나 설치할 수 있었을 것이었다. 그러나 지금 민준의 손에 들어온 건 이 정도의 은밀함이 필요할까 싶을 정도로 허접한 종이 쪼가리 하나뿐이었다. 그쪽에서 계속 이런 식으로 나온다면, 민준도 생각이 있었다. 누군지 몰라도 민준을 아주 무시한 것이 틀림없었다.

민준은 집으로 향하지 않고 몸을 돌려 예의 그 의사 동지가 있는 병원으로 향했다. 벌써 세상은 어두워진 지 오래다. 이런 외진 동네는 조금만 시간이 흘러도 거리에 다니는 사람이 눈에 띄게 줄어들었다. 지금 이곳만 해도 저 멀리 술 취해 비틀대는 아저씨 한 명을 제외하고는 주변에 사람이라고는 한 명도 없다. 새벽의 파란 공기가 주변을 시린 남색으로 물들이고, 흰빛의 가로등 또한 그것을 더하고 있었다.

민준은 하얀 가로등 주위를 배회하는 날벌레들을 잠시 바라봤다. 벌써 시각은 새벽 3시를 넘었다. 민준은 몇 시간이 넘게 이곳에 몸을 숨기고 있었다. 오늘은 아무래도 나타나지 않을 듯싶다.

민준이 중간 동지를 직접 찾아갈 방법은 없었다. 첫째로 민준에게는 그에 대한 정보가 너무 부족하고, 둘째로 오히려 그쪽에겐 민준에 대한 정보가 넘쳐나는 것 같았다. 중간 동지는 민준이 항상 다니는 역 앞에 메모를 가져다 두었다. 그건 민준이 몇 시에 어디서 오는지 정확히 알고 민준이 오기 전 메모를 놓고 돌아갔다는 말이었다.

그러나 정작 민준이 가진 정보라고는, 중간 동지는 다친 동지가 있으면 직접 의사 동지에게 데려다 줄 만큼 친절한 인물이라는 것뿐이었다. 말이 많은 의사 동지에게 직접 들었던 정보이니 확실하다고 할 수 있었다.

그렇기에 민준은 이곳에 잠복하기로 결정했다. 하지만 오늘은 아무도 다치지 않은 날인 것 같다. 다행이면서도 막막한 기분이 들었다.

"어이, 거기!"

"……!"

그 순간 갑작스럽게 빈 거리를 타고 커다란 소리가 울려 퍼졌다. 고함에 주변의 개들도 단잠에서 깨어난 것인지 순식간에 거리가 컹컹 짖는 소음으로 가득 찼다. 민준은 곧바로 건물 뒤로 숨지 않고 천천히 움직였다. 민준의 기척은 고양이만 해졌다가, 곧 그림자처럼 사라져 어둠 속에 스며들었다.

그러면서 저 멀리 비틀대던 취객 쪽을 바라보았다. 어둠에 가려 잘 보이지 않는 실루엣이, 가로등 밑으로 들어설 때만 눈에 선명히 들어왔다. 단순히 취객이 지나가던 행인에게 시비를 거는 것으로 보였다. 행인은 난처한 듯 가던 길을 멈추고 재빨리 뒤를 돌아 달아났다.

"학생이 이 시간에 돌아다니고 말이야!"

"……."

학생? 취객이 민준이 있는 곳으로 비틀비틀, 걸어오며 말하는 소리가 들려왔다. 민준은 취객이 곁을 스쳐지나가기 전에 건물 뒤로 완전히 숨어들었다. 민준은 이 거리의 어둠에 완전히 동화되었다. 아무도 골목에 누군가가 있다는 걸 알아채지 못할 것이다. 이 쓰레기통 옆에서 민준을 빤히 바라보며 경계하고 있는 길고양이라면 또 모를까.

취객이 바로 옆의 입간판을 북처럼 쿵, 하고 때리고 지나가는 소리가 들렸다. 그리고 점차 멀어져 비틀대는 발걸음 소리가 멀어졌다.

민준은 작게 한숨을 쉬었다. 민준은 다시 모습을 드러냈다. 이만 집으로 돌아가야 할 것 같다.

"윽……."

그때 민준이 숨어 있는 골목의 바로 뒤쪽에서 누군가의 신음이 들려왔다. 민준은 깜짝 놀라 조심스럽게 앉았다. 이상했다. 분명 취객 아저씨에게 정신을 집중하고 있기는 했지만, 아무리 그래도 이렇게까지 가까이 접근해 오는 기척을 둘씩이나 눈치 채지 못할 리가 없었다. 심지어 저 둘의 등장을 알아챈 후부터 풍겨오는 진한 피 냄새는 도저히 무시할 수준이 아니었다.

천천히 어둠 속에서 몸을 일으킨 두 사람은 의사가 있는 건물로 비척비척 다가갔다. 미리 연락을 받은 모양이다. 등을 기대고 있던 건물 벽 너머로 의사가 서둘러 계단을 내려오는 발걸음 소리가 들렸다.

민준은 등 뒤로는 벽 너머의 소리에 집중하며, 앞으로는 그들이 등장한 골목을 빤히 바라보았다. 민준이 숨어 있던 골목의 바로 뒤쪽에 작은 맨홀이 하나 있었다. 아마 취객이 쿵, 하고 북처럼 입간판을 울리고 갔을 때쯤에 저 밑으로 이동하고 있던 두 사람이 맨홀 뚜껑을 열고 올라온 듯싶었다. 어찌 되었든 그들을 알아차리지 못한 자신을 원망했다.

"후."

민준은 두 사람이 건물 안으로 사라지는 것을 보며 살짝 숨을 골랐다. 그들의 정체는 모른다. 그러나 일단 뭐라도 해보는 거다. 여기서 아무것도 하지 않고 의미 없는 밤을 지새우고 싶은 것이 아니라면 말이다. 민준은 움직이기로 했다.

그런데…….

건물 옆 벽에 등을 기대고 건물로 들어설 준비를 하고 있을 때, 건물 안쪽 누군가 서 있는 것이 느껴졌다. 건물 너머에서 강한 경계의 기척이 느껴졌다. 어느새 그도 벽 너머에 숨어 있던 민준을 눈치챈 것이었다. 그는 지금 벽에 몸을 바짝 기대고 서 있는 것이 분명했다. 벽 너머에 있는 사람의 정체가 무엇인지에 대해서 그는 궁금해하고 있었다.

민준도 마찬가지였다. 다른 것이 있다면 그는 자신의 정체를 들키지 않기를 바라고 있었지만, 민준은 딱히 상관없다는 것.

민준은 순식간에 건물 벽에 뚫린 작은 창을 열고 안으로 뛰어들었다. 창에 잠금장치가 걸려 있지 않다는 것은 그들이 오기 몇 시간 전부터 이미 확인한 사항이었다. 다만 살짝 놀란 점이라면 그가 창문 바로 밑에 서 있었다는 것이다. 민준은 그가 벽에 몸을 붙이고 서 있을 것이라고 예상했지만, 그는 민준이 서 있는 곳을 눈치채고 있던 것처럼 정확히 벽 하나를 사이에 두고 민준의 바로 앞에 서 있었다. 하지만 그도 민준이 그 창문을 순식간에 뛰어넘어 올 것이라고는 예상하지 못했나 보다.

"헉."

민준이 창문 밑에 있던 그를 몸으로 깔고 뭉개자 그의 입에서

혁, 하는 소리가 났다.

"조용."

의도한 것은 아니었지만 차라리 잘됐다 싶어, 그대로 그를 몸으로 누르고 그의 목울대에 손가락 하나를 대어 위협했다. 그러자 민준만큼 앳된 얼굴을 한 소년의 표정이 고통과 당혹스러움으로 일그러지는 것이 눈에 들어왔다.

민준은 거기까지 확인하고 소년의 목을 강하게 짓누르고 있던 손을 천천히 놓아 주었다. 일그러진 소년은 너무도 익숙한 사람이었다.

"동지?"

소년의 얼굴을 확인한 민준의 눈이 크게 뜨였다.

D-데이

강철

북쪽에 있던 민준, 어린 시절의 리혁이 강철을 처음 만난 곳은 더럽고 추악한 냄새가 나는 골목이었다. 아마 땅에 말라비틀어진 쓰레기가 내뿜는 냄새가 주범이었을 테지만, 추악함의 본질적인 원인은 그곳이 아닌 다른 곳에 있었다.

"악!"

작은 체구의 리혁은 예까지 달려와 가빠진 숨을 몰아쉬며 골목에 숨었다. 뒤로 누군가의 고통에 찬 신음이 들려왔다. 리혁은 뒤를 돌아보았고, 그 순간 앳된 얼굴의 소년이 어디선가 날아와 쓰러져 거친 흙바닥을 몸으로 긁었다.

"엇……."

리혁은 본능적으로 쓰러진 소년에게로 몸을 움직였다가 골목

끝에서 모습을 드러낸 인민군복을 발견하고 급하게 입을 틀어막고 쓰레기통 뒤로 숨어들었다. 덕분에 이곳저곳 먼지가 묻은 옷에 천의 결을 따라 음식물쓰레기에서 흘러나온 액체가 스며들어왔다. 건조했던 옷자락에 더러운 액체가 아주 느긋하고 편안하게 영역을 넓혀 갔다. 리혁은 평소라면 몸서리쳤을 그 상황에도 아랑곳하지 않고 입을 두 손으로 꾹, 틀어막고 몸을 바들바들 떨었다. 군인이 숨어든 리혁을 발견한 것 같지는 않았다. 군인은 쓰러진 소년에게 독기를 쏘아댔다.

"간나새끼. 독하구만기래."

"……."

"마지막 기회다! 조심하라우."

군인은 소년에게 읊조리듯 경고를 하더니 발로 바닥을 세게 긁는 소리를 냈다. 그는 거친 발소리를 숨기지 않고 골목길을 돌아나갔다. 점차 소리가 멀어지자 리혁은 고개만 살짝 내밀어 군인이 있던 골목길을 내다봤다. 군인은 더는 없었다. 다만 그곳엔 몸을 웅크린 채로 누워 배를 움켜쥐고 있는 소년이 하나 있었다. 소년은 통증이 심한지 부들부들 떨면서도 신음 한 번 뱉어내지 않았다. 과연 그 모습이 독하다고 할 만했다.

리혁은 소년의 모습을 잠시 살피다 소년과는 반대 방향으로 몸을 틀었다. 그러나 그때 소년의 목소리가 들려왔다.

"거기, 맹하니 보고만 있지 말고 일 없으면 나 좀 도와 달라우."

"……."

"끙."

리혁을 잡아채는 소년의 말에 반대 방향으로 돌렸던 몸을 잠시 멈추었다. 그러고는 소년에게로 시선을 돌리기 전 절도 있는 동작으로 고개를 휘둘러 주변을 살폈다. 주변에서는 아무 기척도 느껴지지 않았다. 그제야 리혁은 쓰레기통 뒤에서 살며시 몸을 드러냈다.

"조심성이 많구만."

"……."

소년은 비척거리는 몸을 일으키며 말했다. 리혁은 소년의 몸을 번쩍 일으켰다. 뼈밖에 남지 않아 앙상한 몸이 리혁의 어깨를 찔러왔다.

"너 말이 별로 없구나?"

"……."

그제야 지금껏 그 소년만 떠들고 있었을 뿐 한마디도 하지 않았다는 것을 깨달았다.

"기래, 하기는 여기선 말을 아껴야 살 수 있지. 너 좋은 성격을 가지고 있구나?"

"그러는 동무는 말이 너무 많은 것 같은데, 살아남기 힘들갔어."

"하하하. 네 말이 맞을 수도 있다."

"이제 혼자 걷도록 해라."

"뭐니, 도와준다고 했지 않니."

리혁의 부축으로 오른쪽 어깨가 크게 들어 올려진 소년을 내려다보며 고개를 갸웃해 보였다.

"도와준다고 한 적 없다."

그러나 소년은 막무가내였다.

"도와주려 했으면서 뭘 기러네! 사내가 한 입으로 두말하고 치사하다, 야!"

"내래 바쁜 몸이야."

"도와달라 했던 건 이까짓 부축이 아니었는데. 이왕 도와주려 맘먹은 김에 우리 오마니 좀 도와줘라."

리혁은 고개를 푹 숙였다가 들어올려 주변을 느릿하게 훑었다. 거리 곳곳을 더럽히고 있는 음식물들과 그 위를 날리는 벌레들이 눈에 들어왔다. 지저분하며 추악함이 가득한 동네였다. 저 멀리 그 추악함에 걸맞은 광경이 펼쳐져 있었다. 아름답게 폈지만 더러운 먼지와 오물을 뒤집어쓰고 나뒹구는 꽃들. 리혁의 부모님은 그들을 벌레 보듯 했지만 리혁은 그들을 연민했다.

리혁은 다시 오른쪽 어깨에 매달려 있는 소년을 내려다보았다. 키도 작고 너무 가벼워 거의 소년을 들다시피 부축하고 있음에도 힘든 줄 몰랐다. 오히려 툭 튀어나온 소년의 뼈가 어깨를 눌러 더 아프게 여겨질 뿐이다. 리혁은 조용히 고개를 설레설레 저었다.

"동무! 아까도 말했지만 사내가 두말하고 기러나!"

"내래 도와주겠다고 한 적이 없어."

리혁은 조용히 소년을 어깨에서 내려놓았다. 그러자 소년은 걸을 수 있는지 자신의 발을 땅에 딛고 섰다. 소년은 무슨 말을 하려는 듯 머뭇거리며 리혁에게 한 발짝을 뗐다. 리혁은 그에 질세라 소년이 혹여 붙잡기 전에 걸음을 뗐다.

"가갔어."

"잠깐! 동무, 지금 쫓기는 중이지? 내래 동무를 숨겨줄 수가 있어."

"우스운 소리 말라우. 방금 동무가 군인과 엮이는 것을 두 눈으로 봤는데 기게 무슨 말도 안 되는 소리네?"

"동무, 총을 들고 사방을 경계하는 절도 있는 군인들이 아니라, 정신나간 놈 한두 명밖에 오지 않아."

"……."

"잠깐이라면 여기보다 좋은 장소는 없어."

소년의 말은 그럴듯하게 들렸다. 확실히 그 말대로 리혁은 군인에게 쫓기고 있었으니 말이다. 아니, 사실은 그저 간절해 보이는 소년이 마음에 걸렸던 것인지도 몰랐다.

그러나 소년의 말에는 허점이 있었다. 본인도 도움이 필요한 도망자 신세인데 누군가를 어찌 도울 수 있다는 말일까. 리혁은 소년을 바라봤다. 소년의 눈은 강하게 빛나고 있었다.

"동무, 이름이 뭐네?"

"강철."

리혁은 강철이라고 이름을 밝힌 소년에게서 몸을 돌렸다.

"미안하다. 내래 동무 오마니를 도울 여력이 없어."

"아니, 도와줄 수 있다. 아주 쉬운 일이니까."

"쉬운 일쯤은 혼자 하지 기래?"

"혼자선 못 한다. 도와주는 사람도 없고."

강철은 웃는 얼굴로 말해왔다. 동무의 쓸쓸한 얼굴에 리혁은 시선을 돌렸다.

"무슨 일인데 기래."

"이야, 도와주는 거네?"

리혁의 말에 강철이 환하게 웃어왔다. 그 미소에 리혁도 모르게 따라 웃고 말았다.

"도대체 무슨 일인데 기러네?"

"따라오라."

강철은 리혁의 손을 덥석 붙잡더니 어딘가로 향했다. 더럽고 좁고 전부 똑같이 생긴 골목들을 계속해서 지나 이제는 몇 번째 골목을 어느 방향으로 돌았는지 세는 것을 포기했을 때쯤에서야 강철이 멈춰 섰다.

강철이 멈춰 선 곳 앞에는 붉은 문이 있었다. 무채색의, 아니 온통 진흙 같은 이곳과는 어울리지 않는. 꼬불꼬불 골목을 돌아 숨은 것이 무색하게도 눈이 시릴 정도로 너무나도 강렬하게 들어오는 붉은색의 문. 그 문 안쪽은 유난히도 두려운 침묵이 흐르고 있었다.

"동무는 별로 할 것 없어. 내래 다 알아서 할 거네. 동무는 저 골목에서 누군가 나와 이 문 안으로 들어서면 그때 소리를 질러 달라우."

"소리? 그렇게 눈에 띄는 짓을 했다간…… 아니, 그보다 도대체 뭐이 땜에 그런 짓을 해야 하는 거간? 무슨 일인지 자세히 말해 보라우. 알아야 도와줄 것 아니갔어?"

"동무, 확실히 해준다고 약속할 수 있갔어?"

"동무가 한 입으로 두말하지 말라고 했지 않네."

강철은 잠시 입을 닫았다. 잠시간 둘 사이에 무거운 침묵이 내려앉았다.

그때 갑자기 골목 저편에서 발소리가 나기 시작했다. 묵직한 소리가 좁은 골목이 꽉 차도록 울려 퍼지는 것은 군화를 신은 군인의 발소리이기에 가능한 일이었다. 리혁은 신경이 곤두서 골목을 돌아보았다. 그런 리혁의 어깨를 강철이 잡았다. 리혁은 급하게 다시 강철을 돌아보았다.

"시간이 없어. 곧 군인이 온다, 아주 난폭한 군인이. 우리 오마니 죽을지도 몰라. 동무 날래 골목 뒤로 숨으라우! 숨어서, 조금 기다리다가 아무 소리나 지르라우! 저 문 너머로 소리가 들리게!"

"잠, 잠깐! 동무!"

"날래 가라우! 동무도 쫓기는 처지 아니네!"

발소리가 점점 가까워져 왔다. 강철이 리혁의 등을 떠밀었고, 강철은 고요하고 무거워 보였던 붉은 문을 힘껏 열어젖히고 안으로 뛰어들어 갔다. 문은 생각 외로 너무나도 쉽고 가볍게 열렸다. 문이 리혁의 눈앞에서 천천히 닫혔고, 닫히는 문틈으로 꽉 찬 강철의 등이 보였다.

곧 골목 저편에서 군화가 눈에 들어왔다. 리혁은 초조하게 골목에 숨어 손끝을 물어뜯었다. 군화는 한 치의 망설임이나 경계도 하지 않은 채 어설프게 숨어 있는 리혁을 뒤로 하고 붉은 문을 열고 안으로 들어섰다.

쿵.

작은 소리와 함께 문이 닫히고 다시 골목 안은 침묵으로 감돌았다.

'소리 지르라우.'

강철의 목소리가 리혁의 귓가를 맴돌았다. 초조하게 주변을 두리번대던 리혁은 결국 후, 짧은 심호흡을 하며 숨을 크게 들이쉬고 있는 힘껏 배에 힘을 주었다.

"으아아아!"

에라 모르겠다 하고 리혁은 큰소리를 내질렀다. 숨이 다하도록 길게 소리를 질러댔으나 골목 안은 고요하기만 했다. 지르다 보니 속이 다 시원했다. 처음인 것 같았다. 이렇게 자유롭게 큰소리를 낸 것이. 숨을 고르며 소리를 멈추자 묘한 침묵이 골목 안에 가라앉았다.

그것도 잠시, 곧 갑작스러운 쿵 하는 소리와 함께 옆쪽에 있던 문이 열리며 군인 하나가 튀어나왔다. 그를 보고 리혁은 재빠르게 몸을 움츠리고 긴장으로 굳혔다. 그러나 군인은 이번에도 리혁은 아랑곳하지 않은 채 제 갈 길 바빴다.

묵직한 군화 소리가 지나가고 골목에는 다시 평화로운 침묵이 가라앉았다.

"동무!"

침묵을 깬 것은 밝은 표정을 하고 있는 강철이었다. 환하게 웃는 강철이 긴장으로 움츠리고 있는 리혁의 어깨에 손을 올리고 있었다.

"동무 한 소리 하던데, 어떻네? 꽁지 빠지게 도망가는 모습이 재미있지 않네?"

"뭐?"

"맨날 쫓기기만 하다가 동무 힘으로 물리친 것 아니네? 맨날 도망치고 숨기만 하다 큰소리도 치고, 좋지 않네?"

두 팔을 벌리며 말하는 강철의 모습에 피식, 웃음이 나왔다. 리혁은 푸하핫, 하고 웃으며 배를 잡았다.

"뭐, 조금은 그런 것도 같다."

·—·—·—

그 뒤로 군인들의 감시망과 아버지의 혹독한 훈련을 피해 도망치는 날이면 리혁은 강철이 있는 동네로 향했다. 그때마다 강철은 리혁을 반겨 주었다. 리혁은 강철의 부탁으로 골목에 숨어 소리를 지를 때도 있었고, 또 그럴 필요가 없는 날에는 그냥 평범한 꼬마들처럼 골목을 누비며 놀았다.

"이거 가지고 가 놀아라."

강철의 어머니는 마르고 수척한 얼굴에 항상 긴 치마를 입고 계시는 분이었다. 이따금 리혁에게 조금의 돈을 쥐여 주고는 했는데 리혁은 그때마다 좋아라 하며 돈을 받아들었다. 딱히 돈이 필요한 것은 아니었지만 어머니가 주시는 돈으로 강철과 함께 마을을 돌아다니며 이것저것 먹을 것을 사는 것을 좋아하고는 했다.

가끔 마을을 돌아다니다 마주치는 수향과 이야기를 나누는 것도 좋았다. 답답하고 딱딱한 규율이 존재하는 집을 벗어나 마음껏 뛰어놀 수 있는 마을은 어쩌면 리혁에게는 집보다 더 고향 같은 곳이었다.

문제는 머지 않아 발생했다. 그날도 평소와 다름없는 날이었다. 아버지와 어머니가 계시지 않은 틈을 타 몰래 집을 빠져나온 것도, 강철이 평소에 했던 부탁을 했던 것도 말이다.

"동무가 소리를 지르면 저 군인은 그게 신호인 줄 알고 도망을 치는 거야. 근무지를 이탈하고 이런 곳에서 놀고 있다는 것을 들키게 되면 큰일이 나니까 말이야. 동무는 그저 골목에 숨어 소리치기만 하면 돼. 가끔 찾아와서 오마니를 괴롭히거든."

리혁은 강철의 설명에 대충 고개를 끄덕였다. 강철은 그저 빨리 소리를 지르고 나서 강철과 함께 놀러갈 생각으로 머릿속을 가득 채우고 있을 뿐이었다.

이제는 제법 익숙해진 일에 붉은 문 안으로 군인이 들어가는 모습을 보며 배에 힘을 주고 리혁은 큰소리를 내려는 참이었다.

"이 간나새끼! 잡았다!"

그러나 리혁이 채 마음껏 소리를 다 내지르기도 전에 누군가 급작스럽게 튀어나와 리혁의 뒷덜미를 낚아챘다. 리혁은 깜짝 놀라 아무 소리도 내지 못했다. 발을 버둥대자 리혁의 몸이 휙, 하고 날아가 바닥에 처박혔다.

"으아아아아아!"

어리둥절한 눈을 들기도 전에 저 멀리서 강철이 외치는 목소리가 들려왔다.

"이 쥐새끼가 어딜……!"

바닥을 뒹구는 동안에도 군화가 눈에 들어오자마자 리혁은 재빠르게 자리를 박차고 일어섰다. 하지만 뒤통수를 강하게 얻어맞고 쓰러지고 말았다. 무어라 고함치는 소리와 요란한 소리가 뒤엉켰으나, 리혁은 정신을 잃어갔다. 더 이상 강철의 비명도, 군인의 고함도 들리지 않게 되었다.

"형이 여기 왜……?"

"비키기나 하라우."

강철의 날 선 목소리에 민준은 슬그머니 손을 치우고 강철의 몸 위에서 비켜섰다. 그러자 이제는 머리가 제법 긴, 남한 청년이라고 해도 믿을 정도로 성장한 강철이 민준을 밀어내며 밑에서 빠져나왔다. 강철은 고향에 있을 때에 비해 살이 많이 붙어 건강해 보였다. 그제야 그는 제 나이로 보였다.

민준은 일말의 경계도 할 생각을 하지 못하고 멍한 얼굴로 강철이 하는 모양새를 보고 있었다. 강철은 아무렇지 않게 몸을 일으키고는 민준에게는 눈길 한 번 주지도 않고 입고 있던 옷의 후드를 머리 위에 뒤집어썼다.

"형!"

"입 다물라우!"

"윽!"

강철이 갑작스럽게 뒤를 돌며 민준의 목을 팔로 짓눌렀다. 쿵, 하고 벽에 작게 부딪힌 민준은 당황한 눈으로 강철을 살폈다.

"형?"

강철의 얼굴이 당혹스러움을 담은 분노로 일그러져 있었다.

"젠장……."

"형! 왜……?"

어리둥절한 얼굴의 민준을 보다가 강철이 민준을 강하게 뒤로 밀치고 계단 위로 향했다. 민준은 자신을 무시하고 위로 올라가려는 강철의 팔을 덥석 잡아챘다. 그러자 강철이 거세게 민준의 팔을 뿌리쳤다.

"가라."

"형……."

강철이 하는 남한말에 민준은 남한말로 강철을 다시 불렀다. 그러자 멈칫, 하고 강철이 계단 위를 오르다 멈춰 서서 소리를 쳤다.

"가라우!"

"동지! 이게 무슨……! 설명을 해보시라요!"

강철이 재빠르게 계단을 내려 민준에게 달려왔다. 흔들리는 눈동자로 민준의 어깨를 붙잡았던 강철은 순식간에 민준을 껴안았다.

"씨발, 리혁. 왜 내려왔네……."

어깨너머로 강철의 중얼거림이 들렸다. 강철의 목소리가 불안하게 떨렸다. 민준은 살짝 인상을 쓰고 강철의 몸을 팔로 밀어내었다.

"그게 무슨 말입네까?"

강철이 고개를 푹, 숙였다. 민준은 가만히 강철을 들여다보았다. 강철은 한 손으로 얼굴을 한 번 쓸었다.

"리혁."

"동지……."

강철이 다시 민준의 두 어깨를 단단히 붙잡았다.

"잘 들어. 당분간 아무것도 하지 말고 가만히 있어라."

"하지만……."

"리혁! 내가 뭐라고 했지?"

"…… 당분간 가만히 있으라고……."

민준이 어리둥절한 눈으로 강철을 빤히 바라보며 답하자 강철이 갑자기 낮게 욕을 지껄이더니 마구잡이로 민준의 몸을 더듬었다. 강철의 손이 팔을 건들고, 복부를 건드릴 때까지 민준은 가만히 있었다. 강철은 복부에서 손을 멈추고 한참을 민준의 상처 위에 손을 올려두고 있었다.

"치료는?"

"잘 받았습니다."

강철이 손을 들어 올려 민준의 머리에 얹었다. 분명 어렸을 적에는 자신이 더 컸던 것 같은데 지금은 자신보다 한참은 더 키가 자라 있어 정말 형 같아 보였다.

"당분간은 나도 찾아오지 말도록 해."

"하지만……."

강철의 단호한 눈이 민준의 눈을 똑바로 바라봐 왔다. 민준은 침을 한 번 꿀꺽, 삼켰다.

'믿을 만한 동지야.'

하필이면 이런 때에 의사 동지가 했던 말이 떠올랐다. 믿을 만한 동지. 그것은 누구보다 민준이 제일 잘 알았다. 강철은 말없이 민준의 눈을 들여다보고 있었다. 민준은 강철의 말에 작게 고개를 끄덕였다.

"알겠습니다."

강철은 그제야 안심한 듯 웃은 뒤 어깨를 놓아주고 계단 위로 사라져버렸다.

'동지, 간만입네다. 보고 싶었습네다. 잘 지내셨습네까?'

꿀꺽, 마른 침과 함께 하고 싶은 말들을 입 안으로 삼켜냈다. 오랜만에 만난 강철과 즐겁게 대화를 나누는 그런 꿈같은 일은 일어나지 않았다. 민준은 한동안 멍하니 동지가 사라진 계단을 바라보고 있었다.

D-데이

중간 동지와의 만남에서 얻은 것은 없었다. 원하던 정보도 손에 넣지 못했고, 설상가상으로 무기를 조달할 수단까지 잃어버리고 말았다.

민준은 책상 앞에 앉아 턱을 괴고 책이 아닌 창밖만 바라보았다. 창밖에서는 간간이 아이들이 떠들며 지나가는 소리가 들려왔다. 민준은 나무로 된 책상에 흐릿한 연필심으로 'D-20'을 적었다. 민준에게 주어졌던 시간도 어느새 이만큼밖에 남지 않았다. 턱을 괸 채로 'D-20'의 'D'를 연필심으로 마구마구 긋고 있을 때 책상 위에 툭, 하고 옷이 떨어졌다.

"야, 너 체육복 없지?"

"어……."

옆에서 들려오는 목소리에 그대로 고개를 들고 교실 창문을 바라보았다. 복도에서 용이 창틀에 팔을 걸치고 서 있는 것이 보였다.

"갈아입어라. 형이 특별히 빌려다 줬다."

형이라는 그 소리에 민준은 저도 모르게 표정이 굳었다. 민준이 아무 대꾸도 없이 가만히 고개를 끄덕이고 있자 용이 이상하다는 듯한 얼굴을 하고는 그대로 창을 넘어왔다. 용의 검은색 실내화가 창가 밑에 있던 민준의 책상을 꾹, 한 번 밟았다가 떨어져 나갔다.

"아, 왜 책상을 밟아?"

용의 실내화에 민준이 방금까지 그렸던 'D-데이' 낙서가 힘 없이 뭉개져 버렸다. 민준이 그를 보며 용에게 손을 휘저었다. 그러나 용은 실실 웃는 얼굴로 어깨를 으쓱, 하고 말았다.

"빨리 갈아입어라. 쉬는 시간 끝난다. 고3 마지막 체육 시간인데 축구 한 판 해야지."

용의 말에 민준이 책상에 놓인 체육복을 말없이 챙겨 들었다. 체육 시간이라는 말을 들으니 축 가라앉아 있었던 마음이 조금은 부풀었다. 옅게 미소지으며 체육복을 집어 드는 민준을 보고 용도 훌렁, 셔츠를 벗었다. 그러나 용의 예상과 다르게 민준은 그대로 체육복을 든 채 교실 밖을 나섰다.

"어, 어, 야?"

서둘러 체육복 상의를 머리에 끼워 넣으며 용은 민준의 뒤를 따라나섰다. 민준이 멈춰선 곳을 올려다보며 용이 인상을 찌푸렸다.

"야, 뭐 하러 화장실까지 가서 갈아입냐."

용은 투덜대면서도 끝까지 귀찮게 민준의 뒤를 따라왔다.

"여학생들 있잖아."

"여자애들?"

"그래, 여자애들……."

민준은 혹시라도 흉터를 들킬까, 남들 앞에서 섣불리 옷을 벗기가 꺼려졌다. 그러나 용은 끈질기게도 민준의 옆을 졸졸 따라다녔다.

"왜 자꾸 따라와?"

결국 민준은 발을 멈추고 용을 돌아보며 물었다. 그러나 민준의 물음에 오히려 용은 이상하다는 얼굴을 해보였다.

"체육 같이 가려고 하지, 왜 따라가겠냐. 빨리 갈아입으라니까."

"……."

"그보다 나 너희 집 한번 놀러 가면 안 되냐?"

"공부는 안 하냐? 수능 얼마 안 남았잖아."

민준은 용의 말투를 흉내 내며 말해보았다.

"너희 집에서 같이 공부하면 되잖아."

용의 말은 딱히 놀라울 것은 없는 말이다. 친구가 친구의 집에 놀러 오는 것은 흔한 일이니까. 이럴 경우를 대비해서 민준에게 부모역도 준비되어 있는 게 아닌가. 민준은 툭, 용의 어깨를 밀치고 화장실로 들어갔다.

"맘대로 해. 난 옷 갈아입고 나갈게."

"어? 야, 정말? 진짜지?"

"그래."

민준은 대충 대답하고 끝까지 화장실 안까지 쫓아온 용을 피해 화장실 칸으로 들어갔다.

"야, 뭘 거기까지⋯⋯."

용이 뒤에서 이상하다는 듯이 중얼거렸지만 무시하고 철컥, 문까지 잠갔다. 바깥이 조용해진 것을 들으며 천천히 교복 셔츠를 들추고 허리께를 확인했다. 다행히도 교복 안에 받쳐 입은 하얀 티셔츠에 붉은 피는 배어 나오지 않았다. 그를 확인한 민준은 서둘러 체육복을 머리에 꿰고 문을 열었다.

벌컥, 하고 문을 열자 바로 문 바깥에 서 있던 용이 화들짝 놀라며 한 발 뒤로 물러섰다. 한 손에 교복을 가득 들고 나섰던 민준의 인상이 찌푸려졌다.

"뭐해?"

"아니, 아, 야. 근데 진짜로 나 너희 집 가도 되는 거지?"

"그렇다니까. 몇 번을 물어봐."

민준의 답에 용의 얼굴에 미소가 피어올랐다. 평소보다 과하게 들뜬 모습에 민준의 입가에도 피식, 웃음이 흘렀다. 민준이 웃음을 흘리자 옆에서 눈치를 보고 있던 용이 조심스럽게 입을 열었다.

"그럼 혹시 오늘 가도 되냐?"

"학교 끝나고 오면 좀 늦지 않아? 주말에 와."

민준의 말에 용이 진지한 얼굴로 고개를 끄덕였다.

"아, 그게 더 낫겠네. 알겠다."

생각을 끝낸 것인지 용은 진지한 얼굴을 거두고 다시 웃더니 대답과 함께 민준의 배를 손바닥으로 세게 퍽, 쳤다.

"악!"

그와 동시에 민준의 허리가 앞으로 확, 꺾였다. 민준은 배를 움켜잡고 앞으로 몸을 웅크렸다. 과하게 아파하는 민준을 용이 이상한 눈으로 내려보며 등 위에 걱정스럽게 손을 올렸다.

"야, 아프냐?"

"그럼 안 아프겠냐."

민준은 살벌한 눈을 들어 용을 노려보았다.

"뭐야, 너. 왜 배를 움켜잡아? 사실 큰 거 급했던 거 아니야? 아, 나 때문에 해결을 못 했구나?"

그러나 용은 민준의 살벌한 눈에도 히죽대며 웃을 뿐이었다. 그때 쉬는 시간 끝을 알리는 종이 울렸다. 그 소리에 용이 민준의 등 뒤에 올려두었던 손을 움직여 다시 한번 민준의 등을 팍, 하고 두드렸다. 다시 징, 하고 상처에 충격이 전해져왔다.

"아야!"

민준의 고함에 용은 큰 소리로 웃으며 저 멀리 달려가 버렸다.

"빨리 해결하고 오던가!"

"아, 진짜……."

민준은 배를 어루만지며 그런 용의 뒤를 따라 달려갔다. 용이 이상한 소리를 내며 호들갑스럽게 도망갔고, 그 모습을 보며 민준은 결국 피식, 웃음을 터뜨리고 말았다.

"용! 김민준! 축구 할 거지?"

"어, 근데 김민준은 할 수 있을지 모르겠다! 쟤 화장실이……."

벌써 운동장에 모인 아이들이 뛰어오는 둘에게 소리쳐 물었다. 용은 마찬가지로 큰소리로 답하며 그들에게 뛰어갔다. 아이들 앞에서 멈춰선 용에게 민준은 달리던 속도를 줄이지 않고 그대로 돌진하여 용의 목에 팔을 걸었다. 처음 용에게 당했던 기술을 그대로 하자 용이 민준의 팔을 탁탁, 쳤다.

"아! 야, 아파! 미안, 미안!"

민준은 잡힌 용의 머리에 주먹을 먹여줬다. 그런 민준과 용을 보며 주위를 둘러싼 아이들이 큰소리로 웃기 시작했다.

"죽어라, 안 용!"

민준이 굳이 주동하지 않아도 금세 아이들이 합동하여 용의 머리에 주먹을 날렸다. 민준은 그를 잠시 얼빠진 눈으로 보았다. 주먹을 내리꽂는 아이들도 웃고 있었고, 심지어 맞고 있는 용도 웃고 있었다. 민준은 다시 용의 목을 단단히 옥죄고 용의 머리에 주먹을 먹였다. 그러는 민준도, 웃고 있었다.

·—·—·—

땀에 젖은 머리를 수돗가에서 털고 있을 때 촥, 하고 물줄기가 뻗어왔다. 겨울 오후의 햇살에 뿌려진 물줄기는 작은 무지개를 만들어냈다. 민준은 물기가 뚝뚝 떨어지는 머리 사이로 슥, 눈을 들어 물을 뿌린 녀석을 바라보았다.

"안 용……."

"헉. 야, 미안. 실수야. 실수!"

당황한 얼굴로 손사래 치는 용을 빤히 바라보며 민준이 한 발

움직였다. 그 옆에서 평온이 한 손을 입에 가져다 대고 놀란 얼굴로 민준을 바라보고 있었다. 그러나 민준의 살벌한 눈은 용의 얼굴에만 향하고 있었다.

"에잇, 모르겠다!"

한발 앞으로 내디뎠던 민준의 머리 위로 다시 촥, 물이 흩뿌려졌다. 민준은 다시 눈을 들어 앞을 바라보려고 했다. 그러나 그런 얼굴로 다시 촥.

"죽어라, 김민준! 아까의 복수다!"

이성을 상실한 것 같은 용이 하하하, 웃는 얼굴로 물을 뿌려대고 있었다. 민준은 당장 옆에 놓여있던 호스를 집어 들었다.

"으악! 헐, 김민준!"

민준은 호스를 집어 들어 그대로 앞을 향해 틀어버렸다.

"왜 나한테……."

평온의 머리에서 물이 뚝뚝 떨어져 내렸다. 물을 머리부터 발끝까지 뒤집어쓰고 있는 평온이 멍한 얼굴로 민준을 바라보았다. 민준은 슬그머니 손에 쥐었던 호스를 밑으로 내렸다. 그러자 힘없는 물줄기가 졸졸졸, 하고 바닥에 흘렀다. 민준은 손잡이를 돌려 물을 잠갔다.

"미안……."

"……그럴 수도 있지."

평온은 그렇게 말하며 천천히 자신 앞에 놓인 대야를 집어 들었다. 설마 하고 방심하던 민준에게는 그것을 피할 시간이 없었다. 순식간에 민준도 평온과 같은 꼴이 되고 말았다.

"푸하하하! 너희 뭐하냐!"

그 앞에서 혼자만 말끔한 꼴을 한 용이 수돗가에 한 손을 올리고 미친 듯이 웃고 있었다. 민준과 평온의 눈이 마주쳤다. 민준은 호스를 꾹, 움켜쥐었고 평온은 다시 대야를 집어 들었다.

"으아아!"

덕분에 다 젖은 꼴이 된 셋은 척척하게 젖은 옷을 갈아입기 위해 화장실로 향했다. 몸에 감기는 옷을 거칠게 벗으면서도 피식, 민준의 얼굴에는 웃음이 피었다. 지금은 다 젖어 버린 붕대도, 물에 젖은 상처도 별로 걱정되지 않았다. 민준은 붕대를 풀어 쓰레기통에 던져 버리고 대충 휴지로 상처 주위를 닦은 후 보송한 교복으로 갈아입었다. 짧은 머리를 손으로 탈탈 털어내니 물기는 금방 날아갔다.

"풋."

화장실 칸에서 나오자마자 물기에 머리가 꽁꽁 언 용과 딱 마주쳤다. 용이 민준의 웃음에 다시 물을 뿌릴 것처럼 화장실 수도꼭지를 열어 민준은 빠르게 두 걸음 뒤로 물러섰다. 그러자 피식, 웃으며 용이 도로 수도꼭지를 잠갔다.

"나도 짧게 자를까."

용은 다 굳은 머리를 거칠게 털며 말했다. 용의 머리카락에서 짧은 얼음 방울들이 날렸다. 그 모습이 마치 거리를 배회하던 누렁이 같아 보였다.

"나는 기를 건데."

민준은 까까머리 같은 머리를 매만지며 말했다. 거울에 용과 민준의 모습이 동시에 비쳤다. 이렇게 보니 확실히 용의 머리가 더 이곳의 학생다워 보였다.

"얼마나 기르려고?"

"너만큼."

민준의 말에 용이 피식, 웃음을 흘렸다. 그 웃음에 이번에는 민준이 쏴, 하고 수도꼭지를 트니 용이 두 걸음 뒤로 물러섰다.

"관둬, 너는 짧은 게 더 나아."

"왜, 잘 어울릴 것 같은데. 너 김민준이 지금보다 더 인기 많아질까 봐 그러냐."

"쟤가, 인기?"

마찬가지로 옷을 다 갈아입고 나온 평온의 말에 용이 비웃음을 날렸다.

"몰랐냐? 쟤 인기 많아."

민준조차 몰랐다. 민준이 멋쩍게 손을 들어 볼을 긁적였다.

교실에 가기 위해 화장실에서 나오자 평온이 민준의 어깨에 팔을 둘러왔다.

"주말에 축구 하러 갈래? 너 잘하던데. 애들이 너 데려오라고 난리다."

"아, 주말에는 우리 집에서…….."

공부하기로 했다고 말하려 했다.

"야, 축구는 무슨! 수능이 얼마나 남았다고. 공부나 해, 자식아!"

민준의 말을 자르고 불쑥, 앞으로 나오며 외치는 용을 빤히 바라보았다. 그러나 용은 민준의 시선을 애써 무시하고 더욱 재잘재잘 떠들어 대기 시작했다. 민준은 그런 용을 이상한 눈으로 바라보았다.

친구

"이거 쓰렴."

똑똑, 가벼운 노크 후 들어온 어머니는 민준에게 무언가 내미셨다. 어머니의 손에 들린 것은 하얀 약통이었다. 민준은 그것을 조심스럽게 받아들었다.

"아버지랑 나갔다 오려 하는데, 괜찮지?"

"예, 상관없습니다."

"그래. 친구랑 재미있게 놀고."

어머니는 그렇게 말하며 미소를 지어 보이셨다. 어머니는 더 말없이 방문을 닫고 나가셨다. 안 그래도 전에 의사 동지에게 받아온 약이 다 떨어져 가던 참이었는데 다행이었다. 중간 동지는 민준에게 찾아오지 말라고 했지만, 이래서는 도저히 임무를 수행할 수 없었다.

"후."

민준은 어머니가 준 약을 상처에 뿌리며 살짝 한숨을 쉬었다. 그러나 그도 잠시, 초인종 소리에 서둘러 상처에 거즈를 붙이고 현관으로 달려나갔다.

현관문을 열자 그 앞에 잔뜩 긴장한 얼굴로 과일을 들고 서 있는 용이 보였다. 표정을 굳히고 문 안을 기웃거리는 용에게 길을 비켜 주었으나, 용은 머뭇거리며 현관에 서서 어쩔 줄 몰라 했다. 평소의 장난기 담긴 용과 다른 모습에 민준은 눈을 가늘게 뜨고 용이 하는 모습을 바라보았다.

"뭐하냐?"

"아, 아니. 부모님께 인사드려야 하잖아."

"안 계시는데."

민준은 무심히 답하고 거실로 들어섰다. 그러나 용은 따라올 기미를 보이지 않았다. 이상한 느낌에 뒤를 돌아보니 용이 커다랗게 떠진 눈으로 못 박힌 듯 서서 민준을 바라보고 있었다.

"안 계셔?"

"응."

"왜? 주말인데."

용은 부모님이 안 계시다는 말에 손에 들고 있던 바구니에 담긴 과일을 바닥에 그대로 내려놓고는 성큼성큼 다가왔다. 민준은 그 모습을 어이없게 바라보며 바구니를 주워들었다.

"잠깐 나가셨다."

"아, 아……."

별로 이상한 일도 아닌데 눈에 띄게 아쉬워하는 용을 이상하다는 듯한 눈으로 바라보자 용이 어색하게 하하, 웃었다.

"난 또 괜히 긴장했네."

용은 그렇게 말하며 털썩, 소파에 앉았다.

"공부 안 해?"

민준이 문제집들을 한 아름 꺼내가지고 와 테이블에 올려놓으며 말했다.

"좀 쉬고……."

용은 정말 지친 것처럼 소파에 몸을 푹, 파묻었다. 그 모습에 테이블 위의 문제집을 훑던 민준도 용을 따라 소파에 몸을 푹, 파묻었다. 그러나 그러기도 잠시 용이 앞을 가리키며 벌떡 소파에서 몸을 일으켰다.

"어, 저거 가족사진이야?"

용이 갑자기 일어나는 통에 소파가 흔들려 민준의 몸에까지 그 흐름이 전해져 왔다. 가만히 앉아 있던 민준은 용을 따라 천천히 소파에서 몸을 일으켰다.

"봐도 돼?"

용은 이미 텔레비전이 놓인 곳까지 가서 액자를 집어 들고 물었다. 점점 수상하게 보이는 용의 행동이 예민한 촉을 건드려왔다. 용의 행동은 말로 설명할 수 없을 만큼 묘하게 수상했다. 민준은 성큼성큼 용에게 걸어가 손에 든 액자를 빼앗았다. 액자를 뒤집어 뒤를 확인하고 요리조리 살폈다. 그저 평범하게 위조된 가족사진일 뿐이었다. 민준은 사진 속의 자신을 닮은 아이를 빤히 바라보다가 탁, 액자를 제자리에 놓았다.

"가족사진이 뭐가 재밌다고 보냐?"

그러나 용의 시선은 계속해서 액자 주변을 머물며 떠날 줄을 몰랐다.

"너 어릴 때 보면 재밌잖아. 몇 살 때 찍은 거야?"

"글쎄, 고등학교 입학할 땐가."

민준은 사진 속 아이가 입은 교복을 보며 대충 지어내 대답했다. 몰랐다. 저 사진을 언제 찍은 것인지도, 지금은 저 아이가 어디에 갔는지도 전부 다.

"지금은 이렇게 생겼구나……."

사진을 빤히 바라보며 용이 중얼거리는 말에 민준의 인상이 확, 구겨졌다.

"누가?"

"누구긴 누구야, 너지!"

사진을 내려 보며 용이 하는 말이 연기처럼 느껴졌다. 민준은 테이블로 돌아가 탁, 소리가 나게 문제집을 펼쳤다.

"그만 놀고 공부나 하자."

민준은 아무 문제집이나 펴며 테이블에 앉았다. 용이 사진에서 시선을 떼고 다가오는 것이 느껴졌다. 민준은 단지 자신이 너무 의심이 많은 것이기를 바라며 고집스럽게 문제집에 시선을 고정했다.

"나도 너희 집에 놀러 가도 되냐?"

그런데 얄궂은 입은 바람과 다르게 이런 말을 내뱉고 말았다. 집에 가서 어쩌려고? 조사라도 할 참인가. 피식, 웃음이 다 나왔다. 민준의 물음에 곁에 다가와 앉는 용에게서 대수롭지 않은 목소리가 들려왔다.

"그래, 놀러 와. 어차피 나 혼자 살아."

"뭐? 혼자……?"

민준은 놀란 얼굴로 문제집에서 시선을 떼고 용을 바라보았다.

"응, 어렸을 때부터. 놀러 오려면 와. 애들도 많이 놀러 와서 자고 가거나 해."

용은 아무렇지 않은 얼굴로 미소 지었다.

"혼자 어떻게 지내는데……?"

"그냥 뭐, 돈만 있으면 어떻게든 살만 해. 돈 떨어져도 알바 하면 되는 거고."

"…… 하긴 차라리 부모님이 안 계시는 게 좋을 때도 있지."

민준의 중얼거림에 용의 고개가 획, 하고 돌아갔다.

"왜? 부모님이 잘 안 해줘?"

그에 민준도 아차 싶었는지 퍼뜩, 고개를 들어 올리고 손사래를 쳤다.

"아니, 그런 건 아니고. 어쨌든 다음에 한번 놀러 갈게."

"그래, 뭐. 일단은 너 국어 좀 어떻게 해보자. 이것만 아니면 A 대학교 무조건 합격이겠다."

멍한 얼굴을 했던 용은 어느새 다시 본래의 모습으로 돌아와 장난스럽게 대꾸했다.

·—·—·—

민준은 오늘도 거울 앞에 서서 등교를 하기 전에 머리를 매만졌다. 이제는 제법 길은 머리가 눈썹을 아슬아슬하게 가려 주고 있었다. 썩 마음에 드는 모습에 민준은 거울을 보고 씩, 미소를 지어 주었다. 최근에 산 겉옷까지 교복 위에 척, 걸쳐 주니 더욱 마음에 들었다. 민준은 가방을 들고 방을 나섰다.

"안녕히 주무셨어요?"

살갑게 바뀐 인사말에 어머니가 놀란 얼굴로 민준을 돌아보았다. 그 시선을 받으며 민준이 어색하게 살짝 웃어 보였다. 그러자 어머니가 곧 다정한 눈길로 마주 웃어왔다.

"그래, 거기 앉아."

어머니의 말투도 조금 더 편안해져 있었다.

방안에서부터 맛있는 냄새가 나는 것 같다 싶더니 역시나 오늘은 민준이 제일 좋아하는 갈비찜이었다. 민준은 식탁에 앉아 침을 꿀꺽, 삼켰다.

"네가 좋아하는 거."

어머니는 민준 쪽으로 갈비찜이 담긴 접시를 놓아주며 생긋 웃으셨다.

"감사합니다."

곧바로 고기 한 점을 집어 한 입 베어 물었다. 정말 끝내주는 맛이다. 잠시 이곳이 어디이고 자신이 누구인지 전부 잊고, 민준은 정말 이곳의 평범한 고등학생이 된 것처럼 맛있게 밥을 먹었다. 그런 앞에 물 한 컵이 내밀어졌다. 민준은 고기를 뜯다 말고 고개를 들어 올렸다. 어머니가 싱긋 웃는 얼굴로 바라보고 있다.

"어······."

과도한 친절에 어떻게 반응해야 할지 몰라 멍하니 어머니를 바라보았다. 그때 띵동, 초인종 소리가 집 전체에 울려 퍼졌다. 순간적으로 집안에 무거운 적막이 돌았다. 숨 막히는 침묵 안에서 민준이 먼저 자리에서 일어섰다. 민준은 기척을 내지 않으려 노력하며 현관으로 조심스럽게 다가갔다.

"김민준!"

띵동, 다시 한번 초인종 소리와 함께 용의 목소리가 밖에서 들렸다.

"용?"

민준은 가만히 현관 밖을 들여다보았다. 그곳엔 정말로 용이 있었다. 용이 이번엔 작게 현관문을 두드렸다.

"친구니?"

그제야 숨죽인 채 가만히 앉아 있던 어머니가 걱정스러운 표정으로 몸을 내밀어오며 물어왔다.

"네."

민준은 재빠르게 식탁으로 돌아가 남은 밥을 입에 밀어 넣고, 가방을 들어 올렸다.

"다녀오겠습니다."

"그래, 빨리 가."

어머니는 일어서서 손짓하며 말했다. 민준은 웃는 얼굴로 어머니에게 인사하고 서둘러 현관문을 열었다.

그 앞에 용이 긴장한 얼굴로 서 있었다. 용은 민준이 뛰어나왔음에도 불구하고 민준이 밀고 나온 현관문 안쪽만 힐끔거렸다. 그걸 본 민준의 얼굴에 웃음기가 싸악 걷혔다. 민준이 등 뒤로 문을 쾅, 하고 닫았다. 그러자 그제야 용의 시선이 민준에게 향했다.

"왜 왔어?"

그러려고 했던 것이 아님에도 불구하고 민준의 말투가 쌀쌀맞게 흘러나왔다. 평소라면 무뚝뚝한 민준의 태도에도 용은 짓궂게 장난쳤을 것이었다. 그러나 용도 어딘가 이상했다.

"어……? 임마, 형이 태워 주려고 왔지."

용이 뒤의 오토바이를 손으로 탕탕 쳤다. 다른 쪽 손에는 헬멧이 들려 있었다.

민준은 일단 잠자코 용의 뒤에 몸을 실었다. 그러자 용이 집을 잠깐 바라보았다가 고개를 돌리고 오토바이에 올라 헬멧을 썼다.

민준의 감이 무언가 심상치 않은 일이 벌어지고 있음을 알려왔다. 둘 사이에 미묘한 기류가 흐르는 것 같았다. 그러나 민준은 그냥 용을 빤히 바라보다 어깨를 잡고 평범하게 물었다.

"내 헬멧은 없어?"

"없는데."

"······면허는 있지?"

"당연하지! 꽉 잡아라!"

"야, 잠깐······!"

용이 부릉, 하고 오토바이 손잡이를 돌리자 슝, 하고 오토바이가 앞으로 출발했다. 민준은 결국 또 얼굴로 불어오는 거센 바람을 그대로 맞으며 학교로 갈 수밖에 없었다. 괜히 올라탔다고 후회하기에는 이미 늦은 후였다.

긴 머리는 관리하기 힘든 단점이 있다. 바람에 제멋대로 뻗친 머리를 보며 용은 웃음을 터뜨렸다. 그러기에는 헬멧에 눌린 용의 머리도 웃겼지만, 결국 민준의 머리를 보고 웃는 용을 보며 민준도 웃음을 터뜨리면서 둘은 나란히 교실로 들어섰다.

수능이 한 달도 남지 않은 시점에서 수업은 거의 이루어지지 않았다. 대부분 선생님은 수업 시간에 교실에 들어와서도 수업을 진행하지 않고 자습시간을 주었다. 이곳에 와서 평범한 수업을 들으며 학교생활을 즐기고 싶었던, 아니, 임무를 위해 성적 향상을 꾀하려 했던 민준에게는 아주 아쉬운 일이 아닐 수 없었다.

"야."

툭, 하고 앞자리에 있는 용이 민준에게 종이 쪼가리를 던졌다. 민준은 열심히 풀고 있던 문제집 위에 떨어진 종이 쪼가리를 바라보다 용을 보았다. 그러나 용은 이미 다시 앞을 보고 있었다.

'스터디 애들이랑 도서관 ㄱ?'

민준은 살짝 인상을 쓰고 메모를 바라보았다. 마지막 'ㄱ' 자가 무슨 의미인지는 몰랐으나 도서관에 가자는 의미인 것을 충분히 짐작할 수 있었다. 하지만…… 무슨 이유로 'ㄱ'이 가자는 뜻이 되는 것일까 궁금했다. 민준은 결국 망설이다가 용이 보낸 종이처럼 공책 귀퉁이를 쭉 찢어, 용의 자리로 던졌다.

'무슨 뜻이야?'

메모를 열심히 펴 보던 용이 어이없는 얼굴로 슥, 돌아보았다.

"가자고."

용이 입 모양으로 그렇게 말해왔다. 용의 말에 민준은 가만히 고개를 끄덕였다. 무슨 암호인지는 몰라도 더 물어보면 또 용의 입에서 "이상한 새끼"라는 말이 나올 것 같았다. 용이 슬그머니 책을 들고 자리에서 일어서며 까딱, 고갯짓했다. 민준은 지금까지 보고 있던 문제집을 덮어 들고 그런 용의 뒤를 따랐다.

"다른 아이들은?"

민준은 교실 문을 닫고 나와 용에게 물었다.

"'다른 아이들'도 온다 한다."

"……."

말투가 그렇게 이상한가. 묘하게 놀리는 듯한 용의 말투에 민준은 가만히 생각에 잠겼다.

"그러고 보니 너 단톡방에 없지? 번호 저장했는데 네 프로필 안 뜨던데."

"……."

"톡 아이디가 뭐야?"

"……."

"뭐냐니까?"

민준이 계속해서 대답이 없자 용이 휴대폰에서 고개를 들고 민준을 돌아보았다. 민준은 휙, 하고 그 시선을 피해 버렸다. 그러나 용의 얼굴이 이상하게 일그러졌다.

"톡 안 해?"

"아, 아니."

"아이디 보는 법 몰라? 줘 봐. 내가 확인해 줄게."

용이 손을 내밀었다. 민준이 그 손을 빤히 바라보고 있자 용이 재촉하듯이 다시 손을 까딱, 했다.

"뭐를……."

"폰 줘 보라고, 멍청아."

민준은 슥, 교복 주머니에서 꺼낸 휴대폰을 머뭇거리며 용에게 내밀었다. 그러자 용이 휴대폰을 아주 능숙하게 조작하기 시작했다.

"뭐야, 톡 안 깔았네?"

당연하지. 네가 지금 뭘 말하고 있는지도 모르겠는데. 스마트폰 조작 방법은 대부분 숙지했지만, 아이들 사이에서 어떤 메신저가 사용되고 있는지까지는 몰랐다. 민준은 머쓱하게 뒷머리를 만지작거렸다. 그런 민준을 보며 용이 아, 하고 고개를 끄덕이더니 말했다.

"공부한다고 삭제했냐?"

"어, 뭐…….."

민준은 이때다 싶어 용을 따라 고개를 끄덕였다.

"흠, 스터디 애들이랑 이걸로 얘기하는데. 다시 설치하지?"

"아, 그럴까."

민준은 뻔뻔하게 위를 쳐다보며 고민하는 척 말했다. 그러자 용이 다시 휴대폰을 빠른 손놀림으로 조작하기 시작했다.

"자, 초대했어."

용이 내민 휴대폰을 건네받아 민준은 유심히 들여다봤다. 별 것 없어 보였다. 그러나 빤히 바라보자 딩, 딩, 하고 작은 소리를 내며 메시지들이 휴대폰 화면에 다다다, 올라오기 시작했다.

[우린 도서관 도착.]

[어, 민준이 이제야 초대함?]

민준은 천천히 메시지들을 읽어 내려갔다. 어느새 민준의 얼굴에 슬며시 미소가 피어 있었다.

[안녕.]

손을 움직여 짧게 메시지를 보내자 곧 딩딩, 하고 또 여러 개의 메시지가 화면 위로 슉슉 떠올랐다. 이번엔 글이 아닌 귀여운 강아지가 손을 흔들고 있는 그림이 몇 개 올라왔다. 민준은 초롱초롱한 눈으로 보며 똑같은 그림을 찾아 전송했다.

"네가 그렇게 좋아할 줄 알았으면 진작 초대할걸."

목소리에 옆을 돌아보니 용이 민준을 흐뭇한 미소를 띠고 바라보고 있다. 민준은 저도 모르는 새에 올리고 있던 입꼬리를 슉, 아래로 내리고 멋쩍은 얼굴로 휴대폰을 다시 주머니에 집어넣었다.

·—·—·—

"우리끼리 예상문제를 내자고?"

"국어 선생님이 해보라고 하시던데. 도움 많이 된다고."

"음, 그럼 용이 국어 내고, 민준이가 수학, 아리는 영어, 평온이는 한국사, 나는 탐구 영역 이런 식으로?"

"공부할 시간이 부족해지지 않을까."

어느새 도서관에 모인 아이들은 이야기를 주고받고 있었다.

"예상문제로 뭐가 나올지 조사하면서 여러 모의고사 문제지 보는 것도 도움된대. 같이 스터디 하는 의미도 있을 것 같고."

아이들에게 다가가며 말하는 용에게 모두의 시선이 쏠렸다.

"그럴 수도……."

살짝 불만의 뜻을 비쳤던 아리가 먼저 설득되어 고개를 끄덕였다. 용이 아이들을 둘러보았다. 다들 긍정적인 반응이었다.

"야, 너도 좋지?"

그러자 용이 옆의 민준을 툭, 치며 물었다. 민준도 용의 말에 고개를 끄덕이며 자리에 앉았다.

예상문제를 꼽는 것은 어려운 일은 아니었다. 이제까지의 수능 문제 데이터를 모아 어떤 유형의 문제가 출제 경향이 높은지 파악하기만 하면 되니까. 지금까지 공부만 했을 뿐이지, 데이터 수집할 생각을 하지 못하고 있던 민준에게도 꽤 도움이 되는 일이라고 생각했다.

"그럼 오늘은 각자 공부하면서 예상문제 만들어 보기로 할래?"

"나쁘지 않네."

이라를 필두로 흩어져 각자 자리를 찾아가기 시작했다. 민준도 덩달아 가방을 가지고 자리에서 일어나자 그 뒤를 익숙하게 용이 따라와 옆에 주저앉았다. 민준도 이제는 용이 자기 옆에 앉는 걸 자연스럽게 두었다.

"너 쓸래?"

"어?"

어떻게 해야 할까 먼저 개념서를 펼쳐 훑던 민준을 보고 용이 노트북을 꺼내 내밀었다.

"나는 국어 지문 많아서 좀 오래 걸릴 것 같거든. 왠지 넌 빨리 할 것 같아서, 먼저 할래?"

용의 노트북은 하얀색으로 반짝반짝 빛나는 것이었다. 딱 봐도 고가로 보이는 물건을 용은 아무 거리낌도 없이 내밀었다. 민준이 받아들지 않고 가만히 바라보고만 있자 용이 민준 앞에 노트북을 펼치고 전원을 눌렀다.

"내가 써도 돼?"

"응, 너 먼저 써."

금세 팟, 하고 노트북 화면에 밝은 빛과 함께 컴퓨터 시작화면이 나타났다. 화면이 들어오는 것을 보며 민준은 반짝반짝 눈을 빛내면서도 조심스럽게 마우스에 손을 가져다 댔다. 민준이 너무 천천히 조작하자 옆에서 바라보고 있던 용이 답답하다는 듯이 화면을 쿡, 가리켰다.

"한글 파일은 여기."

"앗. 야, 조심히 만져."

용이 화면을 가리키고 떠난 자리에 조그맣게 손자국이 남았다. 민준은 용의 손이 떨어지자마자 호들갑스럽게 소매를 늘여 화면에 묻은 자국을 지워냈다.

"뭐야, 누가 보면 네 건 줄 알겠다?"

"그건 아니고……. 괜히 내가 썼다가 망가뜨리면 안 되니까."

"됐어. 그런 거 신경 쓰지 말고 해. 어차피 별로 좋은 것도 아냐."

용은 웃으며 말했지만, 노트북을 만지는 민준의 손길은 계속 조심스러웠다.

·—·—·—

민준은 눈이 빠질 것 같았음에도 불구하고 쉬지 않고 계속해서 문제를 만들어 냈다. 막 마지막 문제를 적고 있을 때, 옆에서 늘어지게 하품을 하고 있던 용이 노트북 화면을 들여다보았다. 그제야 눈에 들어오는 주변 풍경에 한시름 돌리며 몸을 쭉 펴내자 어느새 어두워져 있는 창밖이 보였다.

"와, 김민준 진짜 빨라."

"설마 벌써 다했어?"

"야, 다한 거야?"

"대충 만든 거 아냐?"

용의 말을 시작으로 아이들이 한마디씩 하며 노트북 주위로 모여들기 시작했다. 민준은 슬쩍, 아이들의 틈에 낀 것이 부담스러워 몸을 뒤로 물렸다.

"와, 아닌데? 진짜 잘 만들었는데? 수학 기호 넣기 어려웠겠다."

"야, 이거 메신저로 공유해."

움찔, 용의 목소리에 뿌듯한 얼굴을 하고 있던 민준은 의자에서 벌떡 몸을 일으켰다. 그놈의 메신저. 아직 그림을 보내는 기능밖에 모른단 말이다. 수능을 공부하기 전에 집에 돌아가 그 메신저부터 공부해야 할 것 같았다.

"네가 해."

민준의 말에 용은 대수롭지 않게 자리에 앉아 손쉬운 동작 몇 번으로 민준이 만든 문제를 공유했다. 딩, 하고 민준의 휴대폰으로도 자료가 공유되었다는 알림이 떴다.

"수능도 얼마 안 남았으니까 모레까지 만들기로 하자. 확실히 김민준이 만든 거 보니까 도움 될 것 같은데? 완성되면 다 같이 모여서 풀고 채점하자. 어때?"

"빨리해야겠네……."

용의 말에 다들 수긍하는 표정으로 고개를 끄덕이더니 다시 자리를 찾아가 모의고사 문제지로 고개를 파묻었다. 그리고 민준은 그런 아이들을 바라보며 메신저로 고개를 파묻었다.

오후 10시. 학교의 자율학습 시간이 끝나고 아이들은 지친 얼굴로 집으로 향했다. 스터디가 끝난 후 놀러가고 싶어 하던 평온도 수능 끝나고 다 같이 놀자는 아리의 말에 집으로 향했다. 평온의 말에 내심 기대하고 있던 민준도 아이들이 인사를 하며 교문 앞에서 헤어지자 어쩔 수 없이 집으로 발걸음을 돌렸다.

집으로 가는 길, 이제 막 공원 앞을 지나가던 때였다. 갑작스럽게 이상한 느낌이 민준을 덮쳐 왔다. 민준은 슬며시 귀에 꽂은 이어폰을 뺐다. 어두운 골목길 평소 가던 길을 유심히 돌아보고 다시 걸음을 옮겼다. 모퉁이가 나오자 민준은 휙, 왼쪽으로 돌았다. 민준은 평소 가던 길이 아닌 다른 길을 선택했다.

누군가에게 정체가 발각되었을 리는 없었다. 그러나 이상했다. 분명 누군가 뒤를 쫓는 듯한 느낌이 들었다. 이곳에 와서 한 일이라고는 공부뿐인데. 아니 가끔 쇼핑도……. 어찌됐든 임무는 시작도 하지 않았는데 정체가 발각될 일이 도대체 무엇이 있었겠는가.

누군가 정보를 떠넘긴 것이 아니라면…….

민준은 가방끈을 단단히 움켜쥐었다. 지금 행동반경 주위에
수상한 기척이 느껴지는 것은 분명했다. 골목 끝에서 느껴지던
수상한 기척은 민준을 따라붙지 않았다. 민준은 겉옷에 달린 후
드를 푹, 뒤집어썼다. 불안했다. 자꾸만 불안해지려고 하는 마
음을 다잡으려 민준은 가슴팍을 꾹 움켜쥐었다. 집으로 향하려
던 발걸음은 자연스럽게 다른 곳으로 돌아갔다.

민준은 뒤편의 작은 숲에 올라 나무 뒤에 몸을 숨겼다. 가로등
도 없는 작은 숲 안은 어둑해서 몸을 잘 숨겨 주었다. 민준은 숲
을 한번 둘러보았다. 수상한 기척은 없었다. 다시 숲 아래를 내
려 보았다. 그러자 민준이 방금까지 걷던 길이 훤하게 들여다보
였다. 수상한 자들은 아직 이 장소를 발견하지는 못한 것 같았
다. 알았다면 저 골목이 아닌 이곳에 숨어 지켜봤겠지.

"후."

숲을 오르느라 이곳저곳 쓸린 새 옷을 쓸쓸하게 만지며 민준
은 골목을 살폈다. 수상한 자들의 모습은 온데간데없이 사라져
있었다. 몇 분을 더 그곳에 있다가, 천천히 나무 뒤에서 빠져나
왔다. 집으로 가야 할지, 중간 동지에게로 향해야 할지 망설여
졌다. 그는 민준에게 오지 말라 했으나, 이대로 가만히 있을 수

는 없었다.

"동지……."

민준은 두 뺨을 손으로 탁탁, 두드렸다. 그리고 나니 정신이 한층 더 깨끗해졌다. 학교가 늦게 끝난 탓에 벌써 세상은 어둑했다. 지금보다 더 늦게 귀가하면 부모님이 걱정하실지도 몰랐다. 민준은 가방을 단단히 고쳐 매고 작은 숲을 내려와 중간 동지가 아닌, 집으로 향했다.

·—·—·—

북쪽에 있는 동안 동지의 어머니를 데리고 탈출한 뒤, 동지가 마음에 걸려 몇 번이나 다시 그 마을에 내려가려 시도했다. 그러나 곧 리혁은 아버지의 손에 붙잡혀 군으로 끌려가게 되었다.

"오마니……."

거친 군화에 밟혀 상처 난 얼굴로 애처롭게 어머니를 불렀지만, 어머니는 매정하게 리혁을 외면했다.

"내 아들이라면 더 강한 전사가 되라우!"

아버지 앞에서 어린 리혁은 그저 바닥에 쓰러져 떨었다. 아직 군에 가기에 한참은 이른 나이. 하지만 군의 수뇌부였던 아버지의 기준에는 어리고 약한 아들은 한심스러운 존재였다. 리혁은 아버지의 손에 그렇게 군으로 끌려가게 되었다.

"동지?"

강철을 다시 만난 것은 정말 의외의 장소에서였다. 훈련 중 바닥에 쓰러져 일어나지 못하고 있는 리혁의 어깨를 누군가 붙잡고 일으켰다.

아, 이젠 죽었구나 하는 마음으로 뒤를 돌아보자 그곳에 강철이 있었다. 리혁은 놀라 커진 눈으로 동지를 바라보았으나 리혁을 일으켜 준 강철은 한치의 미련도 없이 리혁을 두고 다시 앞으로 뛰어나갔다. 리혁은 꾹, 이를 악물고 강철의 뒤를 보며 달렸다. 몇 번이나 더 쓰러지고 넘어질 뻔했으나 꿋꿋이 강철의 뒷모습을 보며 버텼다.

리혁이 막 도착점을 통과했을 때 리혁보다 늦게 들어온 동지들은 군홧발에 맞아 쓰러졌다. 리혁이 달달 떨리는 손으로 배식을 받을 때도 그들은 쌀 한 톨 받아먹지 못했다. 리혁은 두려움 가득한 눈을 내리깔고 배식을 들고 털썩, 아무 곳에나 주저앉았다.

"오랜만이다."

가만히 두 손에 들린 밥과 국을 바라보고 있던 리혁의 옆에서 목소리가 들려왔다. 고개를 퍼뜩 들어 올려 옆을 보자 그곳에 강철이 입꼬리를 씩, 올린 채로 리혁을 바라보고 있었다. 리혁은 서둘러 눈가에 약하게 맺혔던 눈물방울을 훔쳐냈다.

"동지, 왜, 왜 이곳에 있습네까?"

"그러는 동무는 왜 이곳에 있네? 이런 험악한 곳에 있기에 너무 꼬맹이지 않네."

"동지도 마찬가지 아닙네까?"

꼬맹이라는 소리에 강철의 왜소한 몸을 보며 리혁이 발끈했다. 그러자 피식, 강철이 웃었다.

"내래 딱 군에 올 나이야."

강철의 말에 리혁은 놀라 눈을 동그랗게 뜨고 강철의 몸을 훑었다. 작고 깡마른 강철의 겉모습은 누가 보아도 리혁의 또래로밖에는 보이지 않았다. 뼈가 앙상하게 드러난 팔과 앳된 얼굴을 보고 있자니 강철이 씁쓸하게 웃으며 고개를 돌렸다.

"몰랐습네다."

"그럴 만두 하지."

강철은 씁쓸하게 자신의 팔을 내려다보며 답했다.

"그러니까 많이 먹어야 하지 않갔어?"

숟가락을 꾹 움켜쥔 강철이 마치 걸신이 들린 사람처럼 허겁지겁 배식받은 밥을 퍼먹기 시작했다. 숟가락 하나만으로 볼품없는 밥과 국을 열성을 다해 먹는 모습을 빤히 바라보던 리혁도 곧 강철을 따라 식판에 코를 박았다.

"동지, 오마니는 잘 지내십네까? 편찮으신 건 좀 괜찮아지셨습네까?"

리혁은 우물우물 밥을 씹는 채로 강철에게 물었다. 리혁의 얼굴은 아무것도 모르는 순박한 아이의 표정 그 자체였다. 그러나 리혁의 말이 끝나기 무섭게 강철의 눈빛은 180도 달라졌다.

"동지, 무슨 일 있었습네까……?"

그 모습에 꿀꺽, 채 다 씹지도 못한 밥이 리혁의 목구멍을 타고 넘어갔다. 리혁은 허겁지겁 움직이던 숟가락을 멈추고 두려운 눈으로 강철을 바라보았다.

"잘?"

리혁은 아직도 그때 일렁이던 강철의 눈빛을 잊지 못한다. 강철은 미친 것처럼 숟가락질해 밥을 전부 씹어 삼켰다.

"내래 아직도 군인을 보면 토악질이 치밀어 올라."

리혁은 그때 강철에게 그 질문을 하는 것이 아니었다.

모두가 학생이었다

두 번째 임무

등교하기 위해 현관문을 열고 나온 순간부터 무언가 잘못되었다는 생각이 민준의 머리를 강하게 때렸다. 민준은 평범한 고등학생처럼 휴대폰을 꺼내 만지작거리며 길을 걸었다. 민준은 고개 한 번 들지 않고 열심히 휴대폰을 조작했다. 그러나 여느 때처럼 이어폰을 귀에 끼지는 않았다. 늘 지나가던 지하철역 앞에서야 민준은 휴대폰을 주머니에 집어넣었다. 그리고 늘 가던 골목으로 가는 대신 지하철역 입구로 들어섰다. 출근 시간이라 지하철역 안은 엄청나게 붐볐다.

민준은 빠른 걸음으로 계단을 다 내려서자마자 곧장 입구 옆쪽의 화장실로 몸을 숨겼다. 그러자 뒤를 이어 수상한 그림자 여럿이 지하철로 들어서 재빠르게 사방을 두리번거리는 것이 보였다. 그들은 손짓하며 개미굴 같은 지하철 내부로 흩어졌다. 은밀하지 못한 저 방식, 고향 쪽 사람이 아니었다.

거기까지 확인한 후 민준은 화장실 문을 잠그고 칸 안으로 들어갔다. 서둘러 교복 셔츠를 벗어 가방에 욱여넣고, 대신 날이 추워지면 입으려고 챙겼던 어두운 색 후드를 꺼내 걸쳤다. 민준은 후드를 푹 눌러 쓰고 변기 위에 쪼그려 앉았다. 두 손에 얼굴을 푹 파묻고 한동안 가만히 앉아 있었다.

이곳으로 오기 전 대장 동지의 말이 귓가를 맴돌았다.

"임무를 수행하며 알게 된 배신자는 모두 처단하라."

그때 갑자기 왜 문방구 할아버지가 한 말이 떠오른 건지는 알 수 없었다.

"믿을 만한 동지다."

그는 민준이 제일 잘 알았다. 고향에서는 함께 동네를 누비며 놀았고, 군에서는 함께 훈련을 받으며 함께 피를 흘리고, 함께 고통을 나눴던 동지이기 때문이다. 아버지에게 잡혀 끌려간 군대에서 버틸 수 있었던 것은 의지가 되었던 강철이 곁에 있었기 때문이라고 해도 과언이 아니었다. 민준은 꾹, 두 손으로 후드를 움켜잡았다.

"멍청아. 그만 좀 생각해."

민준은 머리를 주먹으로 두드리며 중얼거렸다. 모두 말도 안 되는 생각이었다. 이런 생각은 머릿속에서 사라져 버려야 했다.

띠딩, 하고 작게 알람이 울렸다. 민준은 서둘러 꾹, 휴대폰 버튼을 눌러 알람을 껐다.

"이거 울리면 지각인데."

오늘 학교는 못 갈 것 같았다. 민준은 두 손에 푹 파묻고 잠시간 가만히 있었다. 얼굴을 한번 쓸고, 자리에서 일어나 화장실의 환풍구를 열어 보았다가 도로 닫았다. 안은 좁고 너무 더러웠다. 저 안에서 찍, 하는 소리도 나는 것 같았다.

민준은 조심히 화장실 문을 열고 밖으로 나섰다. 출근 시간인 탓에 혼잡한 내부에서 수상한 자를 구분하는 것은 매우 어려웠다. 하지만 그는 그쪽에서도 마찬가지일 것이다. 민준은 아무 지하철이나 올라 일부러 여러 차례 환승했다. 조금이라도 수상해 보이는 자가 눈에 보이면 망설이지 않고 내려 다시 다른 지하철로 갈아탔다. 수상한 자가 주위에 남지 않을 때까지 그 짓을 반복하고 반복해서, 겨우 지상으로 올라 또다시 햇빛을 피해 낡은 상가 안으로 몸을 피했다.

시간을 확인하기 위해 주머니를 뒤적여 휴대폰을 꺼내자 이미 등교시간은 한참이나 지나 있었다.

[왜 안 오냐.]

[죽음?]

시간 밑에 용과 평온의 톡 알림이 눈에 들어왔다.

[아리가 이 문제 모르겠대.]

[우리 예상문제 다 만들어서 오늘 풀어보려고 하는데.]

스터디 그룹 아이들이 보낸 톡이 있었다. 수학 문제를 찍어 보낸 사진도. 민준은 피식, 웃으며 휴대폰을 닫아 도로 주머니에 넣었다.

아직도 밖은 밝았다. 주머니에 손을 넣고 민준은 차가운 벽에 기댔다. 누런 때가 끼어 더러워진 창에서 작은 빛이 들어오는 것을 보고 민준은 그 밑으로 꼬물꼬물 몸을 움직였다. 가방을 뒤적여 조그마한 공책을 꺼내 손에 들었다. 그 위에 열심히 수학 문제의 풀이를 적고 사진을 찍어 스터디 그룹 아이들에게 전송했다. 답장은 확인하지 않았다.

해가 완전히 사라져 세상이 어둠에 잠길 때까지 민준은 얼굴을 무릎 사이에 파묻고 거기 그렇게 가만히 앉아 있었다.

·—·—·—·

해가 지고 세상이 컴컴해진 것을 확인하고 나서야 자리에서 일어났다. 민준은 목적지까지 걸어서 이동하기로 결심했다. 조금 불편하더라도 그 편이 훨씬 안전하고 주변을 살피기 쉬울 것 같았다.

목적지까지 찾아가는 길은 어렵지 않았다. 두 번 찾아간 것이 전부였으나 이미 길은 전부 숙지한 뒤였다. 다만 주위를 경계하며 걷느라 시간이 많이 소요되었을 뿐이었다. 이제는 익숙한 길을 걸어 민준은 쉽게 의사 동지가 있는 건물 앞에 도착할 수 있었다.

전에 찾아왔을 때처럼 잠복하지 않고 민준은 망설임 없이 건물에 들어섰다. 의사 동지가 자물쇠로 단단히 막아 둔 철문도 손쉽게 부숴 버리고는 성큼성큼 안으로 들어섰다. 낡은 병원 침대에 누워 자는 의사 동지가 민준의 눈에 들어왔다. 민준은 스테인레스 통을 거칠게 열었다. 텅, 터덩, 하고 스테인레스 통의 뚜껑을 여는 소리에 의사 동지가 화들짝 놀라며 눈을 떴을 때는 이미 코앞에 민준이 바싹 다가와 있을 때였다. 민준은 소독된 메스를 찾아 들고 자고 있는 의사 동지에게로 가 목에 댔다.

"움직이지 마세요."

민준은 험악한 얼굴로 더 바짝 의사 동지의 목에 메스를 가져다 댔다. 그를 확인한 의사 동지의 얼굴이 창백하게 질렸다.

"동지, 왜 그러시오!"

"아시잖아요. 강철 동지, 지금 어디 있습니까?"

말을 하면서도 메스를 쥔 주먹에 꾹, 하고 힘이 더 들어가 민준은 주먹을 떨지 않기 위해 애써야만 했다.

"나도 몰라! 나는 그저 다친 동지들 치료만 했을 뿐이야!"

의사 동지는 놀라 손사래를 치며 강하게 부정했다. 민준은 그 모습에 의사 동지의 목에서 손을 치우고 메스를 바닥에 던졌다. 땡강, 하고 민준의 손에서 떨어진 메스가 바닥에 부딪히는 소리가 들렸다. 의사 동지가 경계하는 눈으로 목을 매만지며 침대에서 일어났다.

"부근에서 놓쳤습니다."

그때 철문 밖에서 복도를 울리는 목소리가 들려왔다. 민준은 한껏 몸을 낮추며 의사 동지를 돌아보았다. 그러나 의사 동지의 눈도 민준의 눈과 마찬가지로 휘둥그레 커져 있었다.

"쉿."

민준은 검지손가락을 입에 가져다댔다. 의사 동지는 말없이 고개를 끄덕였다. 민준은 천천히 움직여 문가에 귀를 기울였다. 밖에서 무전기 소리가 치직, 하고 끊기는 소리가 들렸다. 사내가 문 앞에서 발을 몇 번 움직이는 것이 느껴졌다. 그리고 철문을 빤히 바라보고 있는 것도. 민준은 침을 꿀꺽, 삼켰다.

그때 다시 무전기에서 소리가 울렸다.

"여기 발견했다. 일단 이쪽으로 와라."

"어휴, 알겠습니다."

발견? 사내의 발걸음 소리가 빠르게 밑으로 향했다. 민준은 그를 듣고 있다가 사내의 발걸음 소리가 완전히 사라지자 철문 손잡이를 잡았다.

그런 민준의 손목을 의사 동지가 덥석 잡아챘다.

"학생, 어딜 가려고 그래?"

"따라가 봐야 하지 않겠습니까."

"이미 발각된 거 아니야? 이젠 너무 위험해!"

의사 동지의 눈이 불안하게 흔들리고 있었다.

"어쩔 수 없지 않습니까."

"동지!"

민준은 의사 동지의 손을 떼어 놓고 재빠르게 철문을 열고 안에서 나왔다. 놓치기 전에 저자를 따라가야 했다. 어떤 위험이 있다고 해도 일단은 갈 수밖에 없었다. 여기 멈춰 있어서는 아무것도 할 수 없었고, 아무것도 알아낼 수 없었으니까.

사내의 뒤를 밟으며 사내가 가려고 하는 곳이 어디인지 깨달을 수 있었다. 점점 익숙한 거리의 풍경이 민준의 눈에 들어왔다. 사내는 지금 민준의 집으로 향하고 있었다. 민준은 초조하게 심장이 뛰기 시작하는 것을 느끼며 익숙한 골목에 숨어 걸음을 멈췄다.

사내의 목적지가 어디인지 알았다면, 그들이 지금 몸을 숨기고 있을 곳이 어디일지도 알 것 같았다. 민준은 곧장 골목 여러 개를 꺾어 집과, 그들이 몸을 숨기고 있을 장소가 한눈에 들어오는 곳으로 향했다. 전에도 한 번 몸을 숨긴 적 있는 이 뒷산은 숨기에 좋았고, 그들을 내려다보기에는 더더욱 좋았다.

민준은 앞을 예의 주시하며 몸을 잘 숨길 수 있는 커다란 나무 사이에 자리를 잡았다. 한숨 돌리며 떨리는 심장에 한 손을 가져다 대었을 때 누군가 민준의 어깨를 갑작스럽게 뒤에서 확 잡아챘다.

"민준아."

"형."

민준은 깜짝 놀라 뒤로 확, 튀어 나갈 뻔한 것을 가까스로 참으며 놀란 눈을 동그랗게 떴다. 민준은 흡, 하고 들이마신 숨소리가 새어나갈까 입을 틀어막았다. 큰 소리를 내지르지 않은 것은 정말 다행이었다. 놀라서 내지르는 악, 소리가 저 아래에 있는 그들에게까지 닿을 정도로 이곳과 저곳의 거리는 가까웠으니까 말이다.

민준의 어깨를 붙잡은 강철의 눈이 민준의 눈만큼 불안하게 흔들리고 있었다. 강철은 민준의 어깨를 부여잡고 몸을 이리저리 살폈다.

"여기는 왜 왔어!"

강철의 눈에 원망의 빛이 담겨 있었다.

"발각된 걸 알아챘으면 몸을 숨겨야 할 것 아니야!"

"……."

"저들은 네 신원을 전부 안다. 네가 내려온 경로도 알고, 네가 맡은 임무가 어떤 것인지까지 전부 다 안다. 도망가라, 민준아."

강철이 민준을 보는 눈빛은 간절했다. 흔들리는 눈동자로 강철의 표정을 살피던 민준은 푹, 고개를 숙였다. 자꾸만 눈에 힘이 들어갔다. 민준은 두 눈을 꾹, 감았다가 다시 고개를 들어 올렸다.

"동지는 그걸 어케 알고 있습네까?"

"민준아……."

강철이 다시 민준의 이름을 불러왔다. 그러자 민준의 얼굴에 쓸쓸한 미소가 담겼다.

"저들은 저를 어케 알고 있습네까?"

"……."

"동지."

민준은 강철을 가만히 불렀다. 두 주먹이 꾹 쥐어졌다.

"저들이, 정말 제 임무에 대해 다 알고 있습니까?"

"그래, 그러니까……."

"그럼 그들이 제가 남에 있는 끄나풀을 처단하기 위해 내려왔다는 것도 압네까?"

"뭐……?"

강철의 두 눈이 믿을 수 없다는 듯 서서히 커졌다. 강철의 목소리가 미묘하게 떨려왔다. 강철의 표정을 보며 민준의 얼굴이 일그러졌다.

"동지! 왜! 왜입니까!"

민준은 강철의 두 어깨를 으스러지게 움켜잡았다. 민준의 고개가 아래로 푹, 꺾이고 민준의 어깨가 잘게 들썩였다. 강철은 민준의 분노에도 아무런 말이 없었다.

민준은 강철의 어깨를 천천히 놓아 주었다. 강철을 바라보고 있을 수 없어 고개를 오른편으로 돌려 버렸다. 그러자 저 밑 거실 창문으로 부모 역을 했던 그들이 저녁 준비를 하는 것이 보였다. 민준은 아무 일도 없었다는 듯 아무렇지 않은 목소리로 강철에게 물었다.

"그들이 저 동지들에 대해서도 알고 있네까."

강철에게 돌아오는 답이 없자 민준은 강철을 돌아보았다. 강철은 시선을 내리깔고 있다가 빤히 바라보는 시선이 이어지자 곧 고개를 작게 끄덕였다.

"다 알고 있다."

강철의 낮은 목소리가 들여왔다. 민준은 두 주먹을 움켜쥐었다. 민준이 집을 한 번 바라보았다가 다시 강철을 보았다.

"동지."

"⋯⋯."

"다시 만나 반가웠습네다."

"⋯⋯."

"더 이야기하고 싶은 것이 많았는데⋯⋯."

민준은 거기까지 말하고 집으로 내려가려 했다. 그러나 뒤에서 강철이 민준의 손목을 붙잡아왔다.

"가면 아니 된다."

"저들에게 상황을 전하고 와야겠습네다."

민준은 단호한 목소리로 말했으나 강철은 붙잡은 손목을 놓아주지 않았다. 가만히 강철의 손을 내려다보고 있다가 민준이 고개를 들어 올리며 조용히 물었다. 민준의 목소리가 분노로 떨리며 세상에 나갔다.

"이래서, 이래서 제게 찾아오지 말라 하셨던 겁네까!"

"혁아! 내가 어떻게 저들에게 너를 넘기갔니!"

민준은 천천히 손을 들어, 손목을 붙잡은 강철의 손을 떼어내었다. 강철의 손은 쉽게 떨어져 나갔다. 속에 들끓는 분노에 민준의 손이 덜덜 떨려왔다.

"그런 말로 얼마나 많은 동포를 팔아넘겼습네까?"

입술을 세게 씹으며 민준은 강철에게서 등을 돌렸다. 그러나 끈질기게도 강철이 달라붙어 민준의 어깨를 잡아 왔다.

"……우리가 처음 만난 곳 기억하니. 이곳에도 그 마을과 닮은 곳이 있지. 너도 알 기야."

"동지!"

참지 못한 분노의 조각이 잇새로 빠져나왔다. 민준은 떨리는 손으로 뒤에 달라붙은 강철의 몸을 있는 힘껏 밀쳐 내었다. 강철의 애처로운 눈동자와 눈이 마주쳤다. 민준은 그 눈을 피해 버렸다.

"혁아!"

입술을 한 번 잘근 씹었던 강철이 다급하게 민준의 진짜 이름을 불러왔다.

"제발, 미안하다. 나도 어쩔 수가 없었어. 그래도 너는 아니 된다. 응? 제발 내 말을 믿으라."

"……."

민준은 말없이 강철의 눈을 바라보았다. 민준의 눈동자가 세차게 흔들렸다.

"다 거짓말이면 좋겠습네다. 그냥, 이 모든 게 다 거짓말이었
으면……."

"혁아, 정신 차려야 한다. 거기로 와. 꼭 거기서 기다리고 있
을게."

강철의 말에 민준은 주먹을 꾹, 쥐었다. 고개가 절로 아래로
푹, 꺾였다. 배신자가 하는 말 따위 듣는 놈이 멍청한 놈 아닌가.
민준은 입술을 꾹 말아 물고 아무 말 없이 강철에게서 등을 돌
렸다.

·—·—·—

민준은 어둡고 깊은 숲길을 뱅 돌아 집으로 진입했다. 누구에
게도 발각되지 않았다고는 장담할 수 없을 것 같았다. 동요하고
있는 마음 탓에 주변 경계를 확실히 해내고 있지 못했다. 어쨌
든 민준은 '아무도 모르게'를 목표로 하며 집으로 진입했다.

"무슨 일 있니?"

엉망인 민준의 옷차림과 표정에 놀란 어머니와 아버지의 시
선이 민준에게로 쏠렸다. 역시나 민준의 예상대로 그들은 집 주
위를 안개처럼 둘러싼 기척이나 위협에 대해서는 아무것도 모
르고 있었다. 민준은 경계의 눈빛을 빛내며 바짝 몸을 낮췄다.

거실과 주방에 나 있는 여러 개의 창문이 눈에 들어왔다.

"그대로 가만히 들으십시오."

"……."

눈치 빠른 그들의 표정이 차게 변하기 시작했다. 그들이 흘긋, 시선을 돌리려는 것을 민준이 한 손을 들어 올려 저지했다. 민준은 그들에게 손바닥을 보인 채로 천천히 입을 열었다.

"발각되었습니다. 정보가 새어나갔습니다."

"우리는 괜찮다."

"예?"

그제까지 가만히 있던 아버지의 차분한 목소리에 민준의 눈이 아버지에게로 돌아갔다. 아버지는 신문을 들여다보는 척하며 창으로부터 얼굴을 가리고 조용히 입을 열었다.

"우리야 이곳을 빠져나가 얼굴을 바꾸고 한동안 잠적하면 그만이다. 그보다 민준아."

아버지의 시선이 민준에게 닿았다.

"위험하게 되었구나. 어서 빠져나가."

"그래, 어서 가렴. 지금 이곳에 있으면 안 돼."

어머니도 민준에게서 등을 돌린 채로 차분하게 도마 위에서 무언가를 칼질하며 말했다.

"하지만…… 어떻게 빠져나가시려고 그러십니까?"

"우리 걱정은 하지 않아도 괜찮아. 너보다 훨씬 오래전부터 이곳에서 살아왔으니까."

"무기도 없고 싸울 수도 없지 않습니까!"

"가라우!"

아버지가 신문을 손에 꽉 쥐며 소리쳤다. 민준은 그 소리에 어깨를 움츠렸다. 그리고 그때, 갑작스럽게 딩동 초인종 소리가 집 안에 울려 퍼졌다.

"젠장!"

집안을 순식간에 긴장으로 물들인 초인종 소리에 셋의 시선이 모두 현관으로 향했다. 현관의 바로 앞에 서 있던 민준은 깜짝 놀라 몸을 한껏 낮춘 채 뒤를 돌아보았다. 차분하게 아버지가 신문을 접어 한 손에 들고 민준 쪽으로 다가왔다.

"진정해. 거실 서랍을 열면 종이봉투 하나가 있을 거다. 그걸 꺼내서 들어 왔던 곳으로 조용히 빠져나가."

"이미 포위되었습니다. 저조차도 무사히 빠져나갈 수 있을지 모르는 상황이란 말입니다!"

아버지가 민준 옆을 아무렇지 않은 표정으로 스쳐 지나가며 툭, 하고 옆에 무엇인가를 떨어뜨렸다. 그는 자그마하고 낡은 권총이었다.

"이건……!"

"너라면 빠져나갈 수 있겠지. 도움을 줄 수 있는 것이 그것밖에 없구나. 서둘러."

아버지는 민준에게 시선 한 번 던지지 않고 말했다. 다시 초인종 소리가 울렸다. 민준은 재빠르게 몸을 낮춘 상태로 거실의 서랍까지 다가갔다. 창에서 민준의 몸이 보이지 않기를 기도하며, 민준은 보이지도 않는 서랍으로 손을 뻗어 대충 속을 뒤졌다. 다행히도 서랍의 위쪽을 더듬자 손쉽게 종이봉투가 손에 잡혔다. 민준은 힘을 줘서 그걸 잡아 빼냈다.

어머니는 현관을 한 번 흘긋 바라보고는 완성된 요리를 들고 식탁으로 향했다. 어머니의 얼굴이 민준의 눈에 들어왔다. 민준과 꼭 닮은 얼굴. 꾹, 민준은 손에서 종이봉투를 움켜쥐었다. 민준의 얼굴이 괴롭게 일그러졌다. 그러나 어머니의 시선은 고집스럽게 식탁에만 향하고 있을 뿐, 민준에게 한 줄기도 와 닿지 않았다.

달칵, 현관문의 잠금장치가 풀리는 소리가 들려왔다. 민준은 몸을 낮추고 기어 조금 전에 들어왔던 작은 뒷문 쪽으로 몸을 옮겼다. 그러나 문을 열기 위해 손잡이에 손을 올리자 이미 뒷문 쪽도 모두 포위되어 있다는 느낌이 강하게 들었다. 민준은 손잡이에서 도로 손을 떼어냈다. 어머니의 시선이 자연스럽게 현관으로 향했다. 어머니의 시선이 묘하게 걱정의 빛을 담고 있다.

"누구십니까."

아버지의 말소리가 들리고 민준은 숨을 죽이고 멈춰 섰다. 어머니의 초조한 눈이 자꾸만 민준에게로 돌아가려고 했다. 민준은 꿀꺽, 마른침을 한번 삼키고 벽 뒤에 숨어 긴장의 눈빛을 현관으로 보냈다. 드디어 천천히 현관문이 열리기 시작했다.

"저, 저 안녕하세요. 저는 민준이 친구, 안 용이라고 하는데요……."

의외의 등장인물에 순간적으로 입이 딱 벌어졌다. 저 아이가 지금 여기에 왜 와 있는 건지 전혀 짐작이 가지 않았다.

"저, 민준이가 오늘 학교에 안 나와서요. 이것 좀 전해 주러 왔는데……."

용의 손에 하얀 종이 뭉치가 들려 있었다. 용의 시선은 불안하게 주변을 살피고 있다. 그 시선과 뒷문 쪽에 숨어 있는 민준의 시선이 허공에서 딱, 마주쳤다.

"어, 저, 잠시 들어가도……."

용이 다른 쪽 발을 이용해 아무렇게나 신발을 벗어내더니 거실로 발 하나를 들였다.

"잠시만 기다릴래?"

그런 용의 손목을 탁, 하고 아버지가 잡아챘다.

"지금은 우리 가족들이 할 일이 있는데, 나중에 오지 않을래?"

아버지가 현관문을 탁, 소리가 나게 닫더니 지금까지 본 적 없는 목소리와 표정으로 용에게 말했다. 그러자 용의 표정이 일그러졌다. 용이 고개를 푹, 숙였다.

"저는! 저는 친구 집에 놀러 온 학생일 뿐입니다! 저들도 함부로 총을 쏘진 못할 거라고요!"

"뭐?"

용의 말에 아버지와, 어머니, 그리고 민준까지 심장이 멈추는 듯했다.

"나랑 같이 빠져나가면 되잖아! 그럼 도망갈 틈을 만들 수 있잖아!"

"야, 너 그게 무슨······."

"살아 있기만 하면 되니까. 어디서 어떤 이름으로든 살아 있으면 되니까. 가라고."

용의 말에 모두가 말을 잃었다. 용은 민준 부모님의 곁을 지나쳐 성큼성큼 민준에게 다가왔다. 민준은 흔들리는 눈으로 용을 올려다보았다. 용이 화장실 문 앞에 섰다. 용이 밑에 숨어 있는 민준 쪽으로는 일말의 시선도 주지 않은 채 입을 열었다.

"김민준, 밖에 사람들이 엄청 많아. 그래도 너라면 도망갈 수 있잖아. 어떻게 할 거야?"

"야, 너……."

"미안, 어쩌다 네가 문방구에 있던 걸 봤어. 병원도 그렇고."

용이 싱긋 웃으며 말했다. 민준은 그제야 조용한 마을에서 들려왔던 낯익은 오토바이 소리와 밤거리에서 취객이 외쳤던 "학생" 소리를 떠올려 냈다.

"하."

민준이 어이없는 웃음소리를 흘렸다. 그러자 용이 평소처럼 장난기 가득한 얼굴로 웃으며 화장실 문을 벌컥 열어 몸을 숨긴 채 입을 열었다.

"어떡하려고, 너."

"그 화장실 문 열면 위에 환풍기가 있어. 바깥이랑 이어져 있는 길이야. 너무 좁아서 너랑 나 정도밖에 못 나갈 테지만."

"무슨 영화 같네……. 그럼 문 닫을 테니까, 알아서 기어들어 와."

용이 피식 웃으며 말했다. 그 말에 민준은 마찬가지로 웃었다. 전혀 우습지 않고 심각한 상황인데 이상하게도 계속 피식 피식 웃음이 났다.

용이 화장실 문을 천천히 닫자 민준은 그 틈으로 몸을 한껏 낮추고 재빠르게 들어섰다. 등 뒤로 탁, 하고 문이 닫혔다.

"저거야?"

"아니."

용이 천장 위의 작은 문을 가리켰다. 민준은 그렇게 답하고 아무 흔적도 없는 천장 한쪽을 밀어젖혔다. 그러나 틈이 생기며 곧 공간이 나타난다. 역시나, 좁고, 어둡고, 더러워 보였다. 민준은 인상을 찌푸렸다.

"자, 이거."

민준이 변기에 올라 하는 짓을 가만히 보고 있던 용이 갑작스럽게 불쑥 무언가를 건넸다. 아까부터 계속 손에 들고 있던 종이 뭉치였다.

"뭐야?"

"이거 주려고 온 거야. 예상문제집 완성했거든. 원래 같이 풀기로 했는데……, 네가 학교에 안 나와서."

민준은 말없이 용이 건넨 것을 받아들었다. 환풍기 입구에 손을 올린 채로 용을 돌아보았다.

"너는?"

"내가 화장실에 들어가서 안 나오면 수상해 보일 거 아냐. 그리고 나는 민간인인데, 뭐."

용이 옆의 가짜 환풍기 문을 달칵 밀어 열었다. 그러자 환풍기 문이 비뚤어진 채로 멈췄다.

"이렇게 해놓으면 되는 거지?"

민준은 용이 준 문제집을 접어 품속에 집어넣었다.

"꼭 다 풀어와."

"……."

"답은 우리밖에 모르니까."

용이 씩, 웃었다. 민준은 꾹, 눈을 감은 채로 환풍기를 집은 손
에 힘을 주었다.

"…… 원래 이름은 뭐야?"

그때 밑에서 용의 목소리가 들려왔다. 민준은 꾹, 입을 닫았다
가 답했다.

"네가 알고 있는 게 내 이름이야."

민준은 그대로 환풍기 속으로 쏙, 몸을 밀어 넣었다.

·—·—·—

환풍기 속은 역시나 좁고 어두웠다. 민준은 일단 앞으로 죽 기
었다. 숨이 턱턱 막히는 답답함에 한시라도 빨리 이곳에서 벗어
나고 싶었으나 눈이 어둠에 적응할 때까지 기다렸다가 주머니
에서 아버지가 주었던 종이를 끄집어 냈다. 그곳엔 암어가 잔뜩
적혀 있었다. 그러나 빛이 없는 곳에서는 도저히 글을 읽어낼
수가 없었다.

민준은 도로 종이를 집어넣고 왼쪽, 오른쪽으로 꺾인 환풍구를 바라보았다. 기억을 더듬으며 민준은 오른쪽, 왼쪽 차례대로 길을 선택했다. 몇 분을 그렇게 가자 드디어 출구가 보였다. 출구에 서서 민준은 당장 문을 밀어젖히지 않고 바깥의 기척을 살폈다.

바깥은 한적하게 느껴졌다. 민준은 조심스럽게 철문을 열고 바깥으로 빠져나왔다. 그러자 상쾌한 공기가 단번에 몸을 사방에서 감싸왔다. 민준은 바깥에서 문에 잠금장치를 걸기 위해 손을 움직였다가 다시 잠금장치를 풀어뒀다. 대신 낙엽 따위를 긁어모아 출구를 잘 가렸다.

주머니에 손을 집어넣자 종이가 만져졌다. 아까 전 풀어 내지 못한 아버지의 종이를 꺼내 급한 눈으로 읽어 내려가자, 장소 하나와 그곳으로 가는 방법이 적혀 있었다. 민준은 몇 번을 더 되뇌어 그를 충분히 숙지한 뒤 종이를 잘게 찢어서 꿀꺽 삼켜 버렸다.

그러고는 기세 좋게 한 걸음 뗀 민준은 갑자기 제자리에 주저앉았다. 민준은 팔 사이에 얼굴을 묻었다. 어디로 가야 좋을지 알 수 없었다.

폭풍우처럼 들이닥친 사건들이 민준을 통째로 집어삼키고 있는 것만 같았다. 민준은 그 속에서 표류하는 작은 나뭇잎 한

장에 불과했다. 원래 그곳에 존재하지 말았어야 하는, 가짜 나뭇잎.

주위의 공기를 물이 모두 앗아가고 있었다. 숨이 막히는 것 같았다. 물은 싫었다. 정말.

마지막 버킷리스트

민준은 달리고, 달렸다. 심장은 세게 쿵쿵 뛰었다. 밤이 내려 앉은 시골 마을은 고요했다. 멀리서 강아지가 짖는 컹컹 소리만 이 간간이 울려 퍼졌다. 민준의 거친 호흡 소리와 함께.

이곳으로 왜 왔는지 모르겠다. 설상가상으로 이곳에 도착한 후로 계속 주변에서 알 수 없는 자의 기척이 몇몇 느껴지고 있 는 것 같았다.

노을빛이 아름답게 지던 달동네에 올라 민준은 이제는 캄캄 한 세상을 보고 섰다. 나무 둥치에 기대앉아 아래를 내려다보니 호흡이 조금은 시원하게 뚫리는 것 같았다. 민준은 침을 꿀꺽, 삼켰다. 꽤 근처에서 추격자의 기척이 느껴졌다. 확실하지는 않 지만 왜인지 본능적으로 그렇게 느껴졌다. 그냥 아버지가 준 종이에 적힌 장소로 향하는 것이 현명한 선택이었을지 몰랐다.

그러나 민준은 강철의 말대로 그를 처음 만났던 장소에 왔다. 왠지 그래야만 할 것 같았다. 그렇지 않았다면 소중한 무언가가 영원히 부서질 것만 같은 그런 기분이었다.

북한의 그 마을을 닮았던 이곳. 민준은 천천히 나무 둥치에서 몸을 일으켰다. 바라보던 세상을 등지고 더 어두운 숲속으로 들어섰다. 이제 민준은 기다릴 뿐이다. 앞에 닥칠 운명이든 무엇이든. 긴장인지 추위인지 탓에 몸이 떨려 와서 민준은 두 팔로 몸을 감쌌다. 어머니와 아버지를 생각했다. 그리고 용도. 그들은 어떻게 되었을까.

그때 숲 어느 부근에서 부스럭거리는 소리가 들려왔다. 민준은 온 신경을 곤추세우고 소리가 난 곳을 바라봤다. 기대 있던 나무에서 몸을 떼어내고 나무 뒤로 몸을 숨겼다. 그러나 눈에 닿는 것이라고는 끝도 없는 어둠뿐이었다. 민준의 손이 주머니로 들어갔다. 주머니 속에서 딱딱한 권총의 몸체가 느껴졌다. 민준은 그를 단단히 움켜쥐었다.

"나야."

강철의 목소리다. 그러나 민준은 단단히 움켜쥔 손에서 힘을 풀지 않았다. 강철이 민준에게 조심스럽게 한발 한발 다가섰다.

"혁아."

강철이 친근하게 민준을 불렀다. 그러나 민준은 답하지 않고 주머니에서 손을 빼냈다. 민준의 손에는 낡은 총이 들려 있었다. 민준이 입술을 잘근 씹었다. 강철이 민준의 어깨를 잡아챘다. 그러나 민준의 손이 한 발 더 빨랐다. 민준이 강철의 목을 한 팔로 휘어 감고 뒤에서 그를 단단히 조였다.

"컥!"

"조용해."

강철이 힘겹게 숨을 토하는 소리가 숲을 울렸다. 민준은 경고하듯 낮게 읊조리며 강철의 관자놀이에 총구를 겨눴다.

"민준아, 이러지 마. 도망가자. 도망갈 수 있게 도와줄게."

"사방이 포위되었는데 어떻게 도망갈 수 있갔습네까."

민준에게 다가서는 강철 뒤로 빠르게 적의 기척이 늘어갔다. 손 쓸 새도 없이 무수히 늘어난 그들이 민준의 주위를 빈틈없이 에워싸는 것이 느껴졌다.

"뭐?"

강철이 주변을 두리번거렸다. 민준은 강철이 움직이지 못하게 목을 더욱 단단히 조였다.

"동지가 데려오셨습네까?"

"그게 무슨……!"

아니라는 것을 알면서도 민준은 모질게 말을 뱉었다.

"아니야, 나는 모르는 일이야. 이 새끼들, 언제……."

강철은 당황스러운 얼굴로 이를 갈았다. 점점 더 둘 쪽으로 포위는 좁혀지고 있었다. 강철이 민준의 어깨를 잡고 자신의 뒤로 밀었다.

"젠장, 혁아, 뒤로……."

그러나 민준은 더 단단히 강철의 목에 팔을 걸고 머리로 총구를 들이밀었다.

"……동지, 가만히 계십시오."

민준이 낮게 동지의 귀에 속삭였다. 강철이 뭐라 할 새도 없이 민준이 소리쳤다. 커다란 목소리가 쩌렁쩌렁하게 숲을 울렸다.

"더러운 배반자 새끼! 여까지 알고 쫓아온 거이네? 동지들이 왜 임무에 실패해 왔는지 이제야 알갔구만기래! 총 내리라우!"

강철의 손에는 총 따위 들려 있지도 않았지만 민준은 거짓을 외치며 곧 방아쇠를 당길 것처럼 손에 힘을 주었다. 그러자 순식간에 민준의 몸 위로 빨간색 점들이 하나둘, 생겨나기 시작했다. 민준은 두 눈을 질끈 감았다.

"쏘지 마라! 쏘지 마!"

강철이 허공을 향해 외치는 소리가 들려왔다. 강철의 머리를 겨눈 민준의 총구가 달달 떨려오는 것이 느껴졌다. 그가 혹여라도 강철에게까지 전해질까 민준은 다시 단단히 총을 움켜잡았다.

"리혁! 이 멍청한 새끼야. 제발 도망가! 차라리 나를 인질로 잡고……!"

"이 간나새끼! 동지들의 복수다!"

강철의 외침에 질세라 민준은 더 크게 소리쳤다. 강철의 외침은 민준 소리에 묻혀 사라졌다. 민준의 악에 받친 고함에 곧 오른팔에 생겨 있던 빨간 점에서 픽, 하는 소리가 났다. 민준은 볼썽사납게 손에서 총을 놓치고 말았다.

"큭!"

총은 발치에 떨어져 썩은 나뭇잎 사이에 처박히고 말았다.

"리혁. 너는 포위됐다. 무기를 버리고 항복하라."

어둠 속에서 딱딱한 목소리만 들려왔다.

"웃기지 말라우! 내래 너만은 꼭 처단하갔어!"

민준은 다시 총을 주워들기 위해 몸을 움직였다.

"그만해! 리혁!"

그러나 민준이 몸을 채 숙이기도 전에 이번에는 다리에 생겼던 빨간 점에서 픽, 하는 소리가 났다. 민준은 나뭇잎 더미에 고꾸라졌다.

"으윽……."

"멈춰! 사격 중지, 사격……!"

그들이 점점 다가오는 것이 느껴졌다. 민준은 힘겹게 팔을 들어 올려 옆에 무릎 꿇은 강철의 입을 막았다.

"동지, 제발 그 입 좀 닫으라우. 안 그래도 발연기인데 더 들킬 것 같지 않네……."

"이 멍청한 놈아……."

민준의 손에 묻은 붉은 피가 강철의 얼굴에 붓칠하듯 크게 그림을 그렸다. 스륵, 하고 천천히 민준의 팔이 아래로 떨어져 내렸다.

피식, 우스꽝스럽게 얼굴에 붉은 물감이 묻은 강철의 얼굴을 보며 민준은 웃음을 흘렸다. 민준은 지금 남아 있는 모든 힘을 다해 자신을 붙들고 있는 강철의 몸을 밀어내었다. 아직 성한 팔로 강철의 가슴팍을 세게 밀쳐내자 강철이 민준을 놓치고 뒤로 나가떨어졌다.

"타깃 확보."

점점 더 많은 빨간 점들과 함께 나뭇잎을 헤치며 민준에게 다가오는 발걸음 소리가 가까워져 왔다. 그들이 드디어 숲속에서 모습을 드러냈다. 민준은 가만히 쓰러져 숨을 골랐다. 하나, 둘. 접근하는 기척이 느껴졌다. 민준은 하나가 몸에 손을 대기 전

잽싸게 팔을 휘둘러 그의 팔을 쳐내고 그의 손에 들린 총을 빼앗으려 했다. 그러나 그 전에 둘이 민준의 복부에 강하게 개머리판을 박아 넣었다.

"욱!"

민준이 앞으로 고꾸라지자 팔을 거세게 휘어잡아 뒤로 묶었다. 철컹, 하고 비틀린 팔에 수갑이 채워졌다. 총을 든 자가 더 다가와 늘어진 민준의 몸을 수색했다. 그들에게 붙잡힌 팔에 찢어질 것 같은 고통이 느껴졌다. 두 다리에 힘을 주고 서려 했지만 자꾸만 한쪽 다리에서 힘이 빠져나가 비틀댔다. 더 많은 인원이 숲속에서 나와 강철을 부축했다. 강철이 입술을 꾹 말아 물고 자신을 도와주는 손길을 뿌리쳐 냈다.

"내가 호송하겠다."

강철이 앞으로 나서며 말했다.

"안 됩니다."

그러나 그들은 단호했다.

"내가 붙잡았으니, 내가 호송하겠다!"

"안 됩니다!"

"내가 지금까지 니들에게 해준 게 얼마나 많은지 알아?!"

강철은 그들의 말을 무시하고 막무가내로 몸을 밀치고 들어와 민준의 팔을 붙잡았다. 그들이 서로 눈짓을 주고받고는 어쩔 수 없다는 듯 옆으로 살짝 물러섰다. 그러나 그들의 경계는 쉽사리 사라지지 않았다. 대여섯의 인원이 총을 든 채로 민준을 둘러쌌다. 또 몇은 달려들어 더욱 꼼꼼히 민준의 몸을 수색했다. 그들의 손 중 하나에 치여 민준의 허리품에서 바스락, 하고 종이 소리가 났다. 그제야 민준은 용이 건네주었던 문제지가 생각났다.

"확인해."

"건드리지 마."

민준이 몸을 뒤틀었더니 양옆의 남자가 강하게 팔을 휘어잡았다. 덜컥, 하고 무릎이 꺾여 민준은 그대로 바닥에 주저앉고 말았다. 그들이 거친 손길로 겉옷 안을 헤집어 종이를 끄집어냈다.

"이게 뭐지?"

계급이 높아 보이는 사내가 종이를 받아 들고는 민준의 앞에 종이를 들이밀며 물었다.

"보면 몰라?"

민준은 떡하니 적힌 문제들을 보며 피식, 웃는 얼굴로 답했다. 그러나 그들은 애초에 민준의 답에는 관심이 없었다. 사내가 옆의 남자에게 무심히 종이를 건넸다.

"챙겨 둬."

남자의 손에 종이가 넘겨졌다. 민준은 그를 무력하게 그들의 손에 붙잡힌 채 지켜볼 수밖에 없었다. 꼭 풀어오기로 약속했는데. 민준은 고개를 떨궜다.

"이동하겠습니다."

그들이 무전에 대고 말하는 소리가 멀리서 들려오는 것처럼 아주 아득히 들려왔다.

·—·—·—

차가 한 번 덜컹거릴 때마다 민준은 잇새로 흘러나오려 하는 신음을 참기 위해 갖은 애를 써야만 했다. 대충 천으로 감아 놓은 팔과 다리는 이제는 감각을 잃은 것만 같았다. 민준은 어지럽게 흔들리는 시야 사이로 간신히 눈을 뜨고 창밖을 바라보았다.

검은색 차는 아무것도 보이지 않는 캄캄한 도로를 달리고 있었다. 가늘게 뜬 시야로는 어지러운 가로등 불빛만이 간간이 들어올 뿐. 거리의 풍경은 보이지 않았다. 차는 목적지를 정해두고 달리는 것 같지 않았다. 우회전, 우회전, 좌회전…… 계속 반복이었다. 차는 그저 의미 없이 달리고, 계속 달렸다. 좋은 판단이다. 이렇게 하면 만약 민준에게 붙었을지도 모르는 감시자를 피할 수 있으니.

"리혁. 두 번째 임무에 관한 이야기가 사실인가."

"······."

민준은 힘겹게 창밖을 보던 고개를 다시 아래로 축, 늘어뜨렸다. 마주 앉은 자리에서 사내가 콱, 민준의 머리를 움켜잡고 억지로 들어 올렸다. 민준은 잔뜩 인상을 썼다.

"말해. 강철과는 무슨 사이지?"

사내의 말에 민준 옆자리에 앉은 강철의 어깨가 아주 살짝 굳어졌다. 민준 억지로 들어 올려진 얼굴로 피식, 웃음을 흘려주었다.

"내래, 이곳에 와서 한 것도 없이 지금 이 모양 이 꼴이 되었어. 이 간나새끼 때문에 죽어간 동지들만 해도 여럿이야! 무슨 사이일 것 같네?"

"그에 대해 어디까지 알고 있지?"

사내의 취조가 이어졌다. 빙글빙글 제자리를 도는 차 덕에 시간이 얼마나 지났는지, 바깥의 상황은 어떻게 돌아가는지 전혀 알 수가 없었다. 피를 흘린 탓인가, 아니면 답답한 차 안의 공기 탓인가 머릿속이 어지러워져 왔다.

"······."

"말해!"

사내의 다그침에도 민준은 입을 꾹 닫았다. 더 강하게 다그쳐

라. 생각하며 흐릿한 시야가 자꾸 감겨서 멍하니 눈을 감았다.

"젠장."

그러자 사내가 거칠게 민준의 머리를 한쪽으로 던지듯 놓아 버렸다. 민준의 머리가 창에 가 부딪쳤다. 옆에 앉은 강철이 고개를 다른 쪽으로 돌려버리는 것이 느껴졌다.

"말해, 이 새끼야."

사내의 위협적인 협박에 민준은 겁먹은 척 연기를 했다.

"나도 몰라."

그 말은 사실이었다. 아무것도 모르겠고, 아무것도 생각하고 싶지 않았다. 힘없이 읊조리고 나자 의중을 파악하려 사내가 빤히 민준의 얼굴을 들여다보았다.

그때 쿵, 하는 소리와 함께 차가 강하게 앞으로 쏠렸다. 그덕에 민준의 몸도 강하게 앞으로 가 앞자리 시트에 세게 부딪쳤다.

"으윽⋯⋯."

온몸에서 느껴지는 고통에 민준은 몸을 웅크렸다.

"무슨 일이야!"

사내가 웅크렸던 몸을 펴며 소리쳤다.

"갑자기 오토바이가⋯⋯ 어떻게 할까요?"

오토바이? 민준은 고개를 살짝 들어 창밖을 살폈다. 그러나 역시나 캄캄한 창밖은 민준의 얼굴만 비출 뿐 바깥의 상황은 보이지 않았다.

"멈추지 말고 출발해! 후발대한테 처리하라고 하면 되잖아!"

"어, 어. 이쪽으로 오는데요?"

운전대를 잡은 남자가 왼쪽 창을 보며 소리쳤다.

남자의 소리에 민준의 손에 꾹 힘이 들어갔다. 고마웠다, 힌트를 줘서. 그리고 다행이었다. 민준의 왼쪽에 앉아 있는 것이 강철이 아니어서. 민준은 재빠르게 몸을 틀고 왼쪽에 앉아 있던 남자의 목을 강하게 팔꿈치로 찍어 누른 후 차의 잠금장치를 열었다.

"야!"

호송용 차량이 아닌 평범한 검은색 SUV 차량의 문은 간단한 조작만으로 잠금장치가 풀렸다. 민준은 문을 활짝 열었다. 오른편에 앉은 강철이 놀란 눈으로 민준을 바라봤다.

"당장 멈춰!"

맞은편에서는 사내가 총을 꺼내며 험악한 목소리로 소리쳤다.

민준의 뒤로 사내가 총을 조준하는 것이 느껴졌다. 안 맞을 수 있을까. 모르겠다. 민준은 문을 열자마자 보이는 오토바이에 몸을 던졌다.

—·—·—

오토바이는 자유롭게 검은 도로를 달렸다. 빠른 속도로 내달리는 오토바이는 뒤늦게 출발한 차량을 손쉽게 제쳤다. 헬멧도 없이 빠르게 가르는 바람이 아리고 차가웠음에도 불구하고 기분 좋게 느껴졌다. 민준은 저도 모르게 두 눈을 감고 미소를 지었다. 찬바람도 어지럽게 흘러가는 빛도 모두 기분 좋았다. 민준은 운전자의 어깨를 꾹 움켜잡았다. 민준의 손에는 어느새 종이 뭉치가 들려 있었다.

오토바이는 쉴 새 없이 달리고, 달리다가 외진 도로 앞에서 난데없이 멈췄다. 민준은 그제까지 꽉 붙잡고 있던 운전자의 어깨에서 손을 내렸다. 민준은 오토바이 뒤에서 내려왔다. 운전자가 몇 번 더 오토바이의 시동을 걸기 위해 손을 돌렸다. 그러나 이미 충격으로 부서진 오토바이는 더는 제 기능을 하지 못하고 있었다. 드디어 운전자가 오토바이에서 내렸다. 헬멧을 쓴 채로 그는 쾅, 발로 오토바이를 찼다.

"젠장."

"안 용."

민준은 피식, 웃으며 그를 불렀다. 그러자 얼굴은 전부 가린 헬멧이 민준을 바라봤다. 헬멧에 온통 더럽혀진 민준의 얼굴이 비쳤다. 뭐가 좋다고 웃고 있는지, 웃는 얼굴이었다. 그를 보고 민준은 한 번 더 피식, 웃었다.

"뭐가 좋아서 웃냐?"

용이 헬멧을 벗어던지고 말했다. 헬멧은 쿠당탕, 큰 소리를 내며 도로 위를 힘차게 굴렀다.

"이제 어떡하지?"

용이 민준을 보고 물었다. 용의 말에 민준은 주변을 살폈다. 외진 도로의 터널 입구. 나쁘지는 않았다. 민준은 용이 던졌던 헬멧을 주워 가드레일 너머로 던졌다. 헬멧이 큰소리 없이 밑에 있는 숲으로 떨어졌다.

"이것도 던져."

그를 멍하니 보고 있는 용에게 민준이 오토바이로 다가가며 말했다. 그러자 이번엔 용의 표정이 일그러졌다.

"거짓말이지?"

"…… 나 죽기 싫은데."

"아, 아, 알겠어!"

용이 거칠게 머리를 털며 오토바이로 다가섰다. 잠시 꾹, 오토바이에 한 손을 올리고 섰던 용이 두 손으로 오토바이의 운전대를 잡고 도로 옆으로 끌고 갔다.

"진짜 던진다."

"그래."

"으앗!"

민준의 대답에 용이 두 눈을 질끈 감고는 힘을 주어 오토바이를 난간 밖으로 밀어냈다. 작은 도로의 경계석을 넘고 오토바이가 밑으로 추락했다. 이번에는 아까보다 조금 더 큰소리가 숲속에 조용히 울려 퍼졌다.

민준은 용의 손을 잡아 숲으로 이끌었다. 강철이 걱정되었고, 집에 남았던 어머니와 아버지도 걱정되었으나 용을 위험에 처하게 둘 수는 없었다. 일단 이동해야 했다.

"빨리 가자."

"어디로 가는 건데?"

"…… 종이에 적혀 있던 곳."

잠시 멈칫했던 민준은 아버지가 건네주었던 종이를 생각하며 말했다. 용이 민준의 손을 흘끗, 바라보았다.

"그 종이?"

용의 말에 민준도 자신의 손을 내려 보았다. 그곳에는 차에서 탈출할 때 슬쩍해 온 문제지가 들려 있었다. 민준은 피식, 웃었다.

"아니, 이건 네가 준 거잖아."

"많이 비어 보이는데……."

"…… 날아갔나봐."

확실히 민준의 손에 들린 종이는 처음 용에게서 받았을 때보다 많이 작아져 있었다. 민준은 종이를 접어 다시 안에 잘 넣으며 말했다. 그러자 용이 민준이 잡았던 손을 놓고 목에 팔을 걸어왔다.

"야, 우리가 그거 얼마나 힘들게 만들었는데!"

항상 그랬던 것처럼 용이 장난치는 얼굴로 민준의 고개를 꾹 아래로 눌렀다.

"나 다쳤어."

민준의 타박하는 목소리에도 용의 손은 풀려나가지 않았다. 민준은 결국 큭큭 하며 상황에 맞지도 않는 웃음을 흘렸다.

"부모님은?"

한참 용의 부축을 받으며 길을 가다 민준이 조심스럽게 물었다.

"일단 잘 도망가신 것 같더라."

용은 민준의 질문에 아무렇지 않은 목소리로 답했다.

"너는 어떻게 왔어?"

"네가 나한테 뒤를 좀 잘 밟히잖아. 환풍기 기어서 따라갔지.

거기 엄청 더럽더라.”

용이 싱긋 웃었다. 민준도 그 웃음에 어이없는 웃음을 지었다. 마치 함께 등산이라도 온 것 같은 기분이었다. 분명 이렇게 즐거운 기분이 들면 안 되는 상황인데. 민준은 힘겹게 떼던 걸음을 멈췄다.

“좀 쉬자.”

“뭐, 여기서?”

용이 불안하게 주위를 둘러보았으나 민준은 급작스럽게 털썩 주저앉았다. 아무래도 피를 좀 많이 흘린 것 같았다. 무리도 아니었다. 총을 두 발이나 맞았고, 그 상태로 그리 격하게 움직여 댔으니. 민준이 걸어온 길을 따라 붉은 피가 점점이 떨어져 낙엽을 적시고 있었다. 추격대도 따돌리기 어렵겠지. 날카롭던 주변 경계도 지금은 할 수가 없었다.

그러나 이런 상황에서도 묘한 불안감을 알리는 민준의 감만은 살아남아서 경고를 보내오고 있었다.

걱정스럽게 민준의 상처를 살피는 용의 표정이 심각했다. 어찌 되었든 용과는 이곳에서 작별이다. 민준이 작게 손을 뒤틀었다. 그러자 용의 손이 떨어져 나갔다.

“넌 내일 학교 가야지.”

“뭐?”

민준의 뜬금없는 말에 용이 눈을 번쩍 들어올렸다.

"수능 얼마 안 남았잖아. 학교 안 갈 거야?"

"야……."

용이 울상인 얼굴로 민준을 불렀다.

"가."

그러나 민준은 단호하게 말했다. 용이 민준의 말을 무시하고 교복 셔츠를 벗더니 상처를 단단히 묶었다. 아, 그 손길 때문에 더 아프다. 민준은 손을 들어 용의 몸을 밀어냈다.

"가라고, 어디까지 쫓아올 생각이야."

"그 몸으로 혼자 어떻게……."

"아니, 나 혼자 가야 해. 너랑 같이 있으니까 못 가는 거야."

민준은 주먹을 꾹, 쥐고 모진 말을 뱉었다. 역시나 용의 표정이 일그러졌다. 그러나 용의 표정을 보고도 민준은 다시 단호한 말을 뱉었다.

"그러니까. 여기서 이만 찢어지자."

민준이 고개를 옆으로 돌려 버렸다. 그런 민준의 머리 위로 용의 주먹이 딱, 하고 떨어져 내렸다.

"아!"

민준은 놀라 고개를 번쩍 들어올렸다. 그곳엔 웃는 얼굴의 용이 있었다.

"네가 그렇게 말하면 어쩔 수 없지. 나 원래 혼자 하는 거 잘 해. 혼자 집에 찾아가 보지, 뭐."

"……."

용이 민준의 손을 흘끔 내려다보았다. 용이 피식 웃었다.

"그 와중에 국어 문제는 잘 챙겼네. 그거 어려워서 너 아마 못 풀걸? 정답 궁금하면…… 나한테 찾아와라. 꼭 풀어보고."

손에 쥔 예상문제를 보니 정말 국어 문제만이 남아 있었다.

"아리도 네가 낸 문제 중에 모르는 거 많대. 네가 와서 알려줘 야 돼……."

용의 목소리에 민준의 주먹이 떨렸다. 민준은 용의 시선을 피 하며 중얼거렸다.

"작년 9월 모의고사 보면 돼. 어려운 문제는 전부 거기서 냈으 니까……."

민준의 말에 용이 버럭 소리를 질렀다.

"그냥 네가 알려 줘라, 멍청아!"

"그렇게 전해 줘……."

민준이 중얼거리자 용이 고개를 푹 숙였다. 용이 주먹을 쥐어 앞에 내밀어 보였다. 민준이 천천히 손을 들어 올려 용의 주먹 에 주먹을 가볍게 부딪쳤다.

용이 설핏 웃음을 흘렸다. 민준도 그런 용을 보며 마주 웃었다.

"수능 잘 봐."

"너도."

용은 돌아갔다. 그가 있어야 할 곳으로.

·—·—·—

민준도 자신이 있어야 할 곳으로 돌아가야 했다. 그건 스스로도 알았다. 매우 잘. 그러나 몸은 뜻대로 움직이지 않았다. 조금만, 진짜 조금만 더 쉬어야지, 한 것이 벌써 몇 분이나 흘렀는지 모르겠다. 이제는 시간 감각마저 사라졌다. 손안에 들린 문제지가 눈에 들어왔다. 캄캄한 어둠 속에서 잘 움직이지 않는 손을 들어 올렸다.

[1번. 다음 중 바르게 말한 학생을 고르시오.]

문제에 이어 1번, 2번 보기가 눈에 들어왔다.

① 민준 : 오늘 저녁은 김치찌게를 먹었어.

② 아리 : 어제 우채국에 편지를 부치러 갔어.

③ 용 : 수능 시험이 며칠 안 남았네.

보기 3번 용의 이름을 읽으며 민준은 계속해서 큭큭, 웃음을 지었다.

그때 저 앞쪽에서 부스럭거리는 소리가 들렸다. 셋, 아니 넷 정도, 가벼운 발걸음 소리는 아니었다. 남자 넷의 발걸음 소리. 민준은 나무 기둥을 짚고 천천히 몸을 일으켰다. 민준이 흘린 피가 고여 땅 위가 온통 축축했다.

"멈춰라."

그쪽에서도 민준을 발견한 듯싶었다. 민준은 깊게 한숨을 쉬었다. 갑작스럽게 일어난 탓에 머리가 어지러웠다. 민준은 그들의 지시대로 가만히 멈춰 섰다.

그러자 그들이 조금씩 다가서는 것이 느껴졌다. 이제는 꽤나 그들과의 거리가 가까워졌다.

그때 오른편에서 무언가 반짝이는 것이 느껴졌다. 민준은 큰 소리로 그들에게 외쳤다.

"멈춰!"

그러나 이미 늦었다. 팍, 하고 어디선가 날아온 총알에 남자 하나가 맞아 쓰러졌다.

"젠장."

민준은 몸을 낮췄다. 그쪽에서도 소란스러운 소리가 들려왔다.

"위치 확인해!"

그들이 남자의 어깨를 잡고 나무 뒤로 끌어내며 외쳤다. 다시 총알 하나가 픽, 하고 날아들어 그 남자의 발치에 가 박혔다. 민준은 침을 꿀꺽, 삼키고 총알이 날아온 방향을 바라보았다. 저 위치에서 노리고 있다면 민준은 도저히 피할 수가 없다. 고향의 감시자였다. 어느새 이곳까지 따라붙었는지 모르겠다. 생각하지도 못했는데 예상 밖이었다. 그는 과연 민준을 도울 것인가, 노릴 것인가.

팍! 민준이 기대 서 있던 나무 기둥에 총알이 가 박혔다. 민준은 잽싸게 몸을 숙이고 나무 뒤로 몸을 숨겼다. 그러나 팍, 옆에서 날아든 총알이 몸에 박혔다. 두 명? 이로써 저들이 민준을 제거하기 위해 왔다는 것 하나는 확실해졌다. 왜? 임무에 실패했기 때문에? 정체를 들켰기 때문에? 자비라고는 찾아볼 수 없는 고향의 판단에 웃음이 나왔다.

손에 움켜쥔 종이에 천천히 붉은 잉크가 퍼져 나갔다. 더는 고통도 느껴지지 않았다.

"이런 젠장!"

사내가 고함을 지르며 허공을 향해 총을 쏘아댔다. 그러나 언덕 위의 그들에게 총알이 가 닿을 일은 없었다.

[특제 모의고사]

제목 옆에 용이 그려 놓은 것 같은 우스꽝스러운 그림이 눈에 들어왔다. 민준은 큭큭, 작게 웃었다. 공부를 많이 해서 그랬을까, 흐릿한 시야로도 자연스럽게 문제가 눈에 읽혔다. 4번, 평온. 5번, 지수. 그 이름들을 읽으며 웃음이 지어졌다.

의식이 점차 희미해져 가는 순간에도 웃음이 폐를 비집고 흘러나왔다.

"용이잖아."

더 읽어 볼 필요도 없었다. 민준은 손을 움직였다. 손이 달달 떨려왔다. 민준의 손끝이 3번 보기에 다다랐다. 민준은 톡, 하고 그 위에 손을 내려놓았다. 민준이 손을 내려놓은 3번 문항에 빨간 점이 톡, 하고 찍혀 하얀 종이를 타고 넓게 퍼져나갔다.

아마 정답은 맞았을 것이다. 민준은 확신에 찬 미소를 지으며 눈을 감았다. 미련은 없었다. 마지막 버킷리스트는 달성했으니까.

에 필 로 그

따스한 햇볕이 텅 빈 민준의 방을 찬찬히 비췄다. 봄날의 손님처럼 열린 커튼 사이로 불현듯 찾아든 햇빛은 민준이 수능 공부를 하던 책상 위를 포근하게 감싸주었다. 이제는 주인을 잃은 책상 위에는 그가 바닷가에서 아이 같은 마음으로 주워왔을 분홍색 소라 껍데기와 고등학교 삼학년 수능 문제집이 펼쳐있었다. 그중에서도 민준이 그를 닮은 반듯한 글씨로 적은 버킷리스트에는 차례대로 '쇼핑하기, 도서관 가기, 산책, 등산' 등의 글자에 붉은 줄이 그어져 있었다.

그러나 마지막 줄에 적힌 '친구'라는 글자는 유일하게 온전한 형태로 남아 있었다. 한 차례 창을 통해 바람이 불어오자 곧 버킷리스트는 빈 종이 아래로 완전히 자취를 감추고 말았다.

따스한 햇볕이 비추는 또 다른 공간에는 평온했던 민준의 방과 다르게 왁자지껄한 분위기가 가득했다. 건물 앞에 모인 학생들은 저마다 그룹을 형성한 채 재잘거리고 있었다. 학생 중에는 부모님과 함께 있는 이도 있었고 친구와 모여 있는 이들도 있었다. 그중에서 유일하게 홀로 있는 용이 주머니에 손을 넣은 채 주변을 둘러보다가 고개를 푹 수그렸다.

입으로 조그맣게 숨을 뱉어내자 검은 목도리 사이로 하얀 입김이 빠져나갔다. 몇 번을 더 꽃샘추위에 허옇게 일어나는 입김을 구경하고 있을 때 문득 앞으로 분홍색 꽃다발이 내밀어졌다.

온통 시멘트색으로 칙칙하기만 했던 시야에 불쑥 찾아온 불청객에 놀라 고개를 들자니 이번에는 츄파춥스처럼 커다란 헬멧을 쓴 남자의 모습이 보였다.

용이 놀라 저도 모르게 한 발 뒤로 물러서자 배달원이 용의 앞에 더욱 바짝 꽃다발을 내밀었다.

"안뇽 씨 맞죠?"

배달원의 목소리에는 왜인지 피식하는 웃음기가 서려 있는 듯했다. 그 비웃음을 빠르게 눈치챈 용은 떨떠름한 얼굴로 고개를 끄덕였다.

"아, 네……."

"이거 배달이에요."

"네?"

꽃다발? 그러나 용이 의문을 표하기도 전에 배달원이 용의 가슴팍에 꽃다발을 밀어 넣었다. 그는 용이 어, 어 하는 소리를 내는 사이에 쌩 하니 꽃다발만 안겨준 채 언덕 위로 올라가 버렸다. 거센소리와 함께 급하게 사라지는 오토바이의 뒷모습을 보며 용은 어이없는 웃음을 지었다.

제 손에 어정쩡하게 들린 꽃다발을 이리저리 살펴보았으나 역시나 자신에게는 어울리지 않는 분홍색 꽃다발의 정체는 알 수 없는 것이었다. 그러나 수상한 꽃다발을 쓰레기통에 버리려는 찰나, 촌스러운 분홍색 꽃잎 사이 끼워진 하얀 메모를 발견했다.

메모를 발견하자마자 거세게 울리는 심장을 느끼며 용은 서둘러 메모를 펼쳐보았다. 그곳에는 캘리그라피 글씨로 예쁘게 입력된 메모가 적혀 있었다.

[입학을 축하합니다. From 삼촌 & 이모]

별 내용도 없는 것은 괜히 뒤집어 본 용은 빤히 메모를 내려보다가 도로 고이 접어 주머니에 넣었다.

"누가 대학 입학식에 꽃다발을 보내냐고……."

멀리서 신입생은 중앙동으로 모이라는 안내방송을 들은 용은 A대학교의 정문으로 들어갔다. A대학교의 익숙한 풍경이 용의 눈에 들어왔다. 불과 1년 전 견학을 하며 둘러봤던 곳이라 감회가 새로웠다. 어쩌면 당시에는 친구들과 함께 버스를 타고 올랐던 길을 지금은 홀로 오르고 있기 때문일지도 몰랐다.

오르막길을 가쁘게 오르는 용의 시선이 순간 인도 옆의 도로로 향했다. 그곳에는 마치 자신을 놀리는 것처럼 속도를 맞춰 지나가고 있는 오토바이가 있었다. 숨을 약하게 헉헉대면서 오르는 용과 다르게 오토바이는 아주 가뿐하게 오르막을 오르고 있었다.

전에 타던 것과 같은 기종, 같은 색의 오토바이에 용은 저도 모르게 부럽다는 듯 입맛을 다시며 그만 시선을 떼어냈다.

그러나 막 건널목을 건너려 할 때 급격하게 방향을 튼 오토바이가 용의 앞을 가로막았다.

"으앗?"

"저기요."

"예?"

놀란 용과 다르게 앞을 막아선 오토바이 운전자는 아주 태연하게 말했다. 자세히 보니 그는 자신에게 꽃다발을 건네준 그

배달원이었다. 그러나 푹 눌러쓴 헬멧 덕분에 얼굴은커녕 배달원의 눈조차 보이지 않았다. 그 보이지 않는 얼굴을 뚫어져라 쳐다보자 헬멧에서 문득 목소리가 들려왔다.

"혹시 여기 신입생이에요?"

"아……, 네."

"그렇구나. 저도 그런데. 아, 그럼 중앙동이 어딘지 모르겠네. 중앙동 가는 거죠?"

안을 드러내지 않은 채 바깥만을 비추는 헬멧 안에서 목소리가 흘러나오자 점점 용의 표정이 굳어져 갔다. 꽃다발을 든 팔은 힘을 잃은 것처럼 천천히 아래로 추락했다. 용이 저도 모르게 한발 가까이 다가서며 헬멧 안을 바라보자 배달원이 캄캄한 앞 유리를 손으로 한 번 쓸어내리고는 시선을 휙 정면으로 돌려버렸다.

마치 당장 사라져버릴 것 같은 모습에 용이 급하게 손을 뻗어 팔을 잡아채려는 찰나, 다시금 배달원이 용에게로 고개를 돌렸다. 그는 어쩐지 피식 웃는 것 같은 얼굴을 한 채 엄지를 펴 제 뒷좌석을 가리켰다.

"탈래요? 나도 중앙동 가는데. 하하, 제가 '친히' 데려다주죠, 뭐."

"하…… 하, 하?"

어디서 많이 들었던 것 같은 소리에 어이없는 표정으로 웃음을 흘린 용은 도로 가에 멈춰 선 배달원을 퍽 반갑다는 얼굴로 바라보았다. 곧 무너진 용의 얼굴에는 주체할 수 없는 기쁨이 흘러내렸다.